OEUVRES COMPLÈTES.

CHICHOIS

POËMES, CONTES ET ÉPITRES EN VERS PROVENÇAUX,

MÊLÉS DE VERS FRANÇAIS.

PAR

G. BÉNÉDIT.

MARSEILLE.

TYP. ET LITH. BARLATIER-FEISSAT ET DEMONCHY,

Place Royale, 7 A.

1855.

POËMES, CONTES ET ÉPITRES.

OEUVRES COMPLÈTES.

CHICHOIS

POËMES, CONTES ET ÉPITRES EN VERS PROVENÇAUX,

MÊLÉS DE VERS FRANÇAIS,

PAR

G. BÉNÉDIT.

MARSEILLE.

TYP ET LITH. BARLATIER-FEISSAT ET DEMONCHY,
Place Royale, 7 A.

1855.

PRÉFACE.

Il ne faut jamais dire, fontaine
Je ne boirai pas de ton eau.
(La Sagesse des Nations.)

Pendant longues années, la poésie provençale n'obtint de moi pour tout hommage qu'une profonde indifférence et pourquoi ne pas l'avouer, une assez vive répulsion ! Les rares écrits que j'avais lus de certains *Troubadours* répondaient si faiblement à mes idées ; je trouvais si peu de rapport entre la langue provençale formulée en

exhamètres et cette même langue parlée chez le
peuple avec une aisance et un naturel si parfait,
que le désir d'écrire en vers dans mon idiome
natal ne me serait jamais venu sans les circons-
tances singulières dont je vais dire un mot dans
cette préface.

En 1837 et par une belle matinée de printemps,
pour parler comme feu M. de Bouilly, je goûtais
les plaisirs de la villégiature. Nonchalamment assis
sous un pin gigantesque, ma vue charmée venait
de parcourir le vaste et magnifique panorama que
l'on découvre des hauteurs de Ste.-Marguerite,
lorsque je vis venir à moi, roulée par la brise,
une feuille imprimée ; je la pris d'une main dis-
traite et je lus :

Salud Madamo Varanchan,
Vous souvenè plus de Mauchan,
Qu'antan à Santo Margarido
Fasias lipa qu'oouquo bourrido
Qu'en juguan despingolo oou soou
Li disias mascaro lansoou ;
Que si metié dins léis cornudos

Quand jugavias eïs escoundudos ;
Que malaouto dins vouestré lié
Vous veniè teni coumpagnié ?
V'énembro deï paourei sigalos
Qu'emeou li coupavias leis allos
Et qu'à la ragi doou souleou
Li mettias une paillo oou cueou
Et quand din la tezo en fatiguo
Em'eou prenias de bequefigo ?
V'en souven plus ? oou cadebieou
Alluqua mi ben, car sieou yeou !

. . . .

. . . .

Cela me parut charmant. Mais d'où venait cette
poésie ? à quel livre avait-elle appartenu ? quel
était le nom de son auteur ? J'allai trouver Louis
Méry qui sait tout, pour avoir le mot de
l'énigme. Tenez, lui dis-je, voici un fragment
de poëme que j'ai trouvé par hasard ; connaissez-
vous son origine ?

Et parbleu, me dit Méry, en voyant la feuille

anonyme, elle vient du livre de Gros, édition de 1763, imprimée par Sibié.

— Cela me donne envie de lire le reste, répondis-je.

— Je le crois bien.

— Où peut-on se procurer l'ouvrage ?

— Il est rare aujourd'hui, dans cette édition surtout, mais vous le trouverez au Musée, à la bibliothèque de la ville.

Le lendemain je lus d'un bout à l'autre le volume de Gros, et je dois le dire avec la même franchise, qu'au début de cette préface, mes idées sur la poésie provençale furent complétement modifiées. Ce volume a deux cents pages, il contient quinze cents vers au plus, mais tournés de telle façon qu'ils ont suffi à son auteur pour le rendre populaire entre tous et lui faire une célébrité qui, loin de s'effacer avec le temps, n'a fait que grandir après un siècle. Ce que l'on trouve dans les poésies de Gros, c'est l'esprit, le goût, l'observation, le sentiment littéraire, une richesse d'expression sans égale, et par dessus tout le

naturel et la simplicité. Qu'on en juge par la petite
pièce suivante :

A MOUN ESPOUSO

EN LI MANDAN UN PRÉSENT.

Partes, gagi de ma tendresso,
A ma mouillé vou mandi em'allegresso.
Pouedi-ti mies vous emplugua ?
Aurieou, per la mies satisfaire
De plus doux presens à li faire ;
Mai lei li pouedi pas manda.

A mon avis la seule chose qui manquait au poëte
méridional par excellence, c'était l'énergie, cette
énergie franche et parfois brutale qui avec l'esprit
comique constituent *le fond* de notre langue,
comme aurait dit Figaro ; mais je le répète, ce
que j'avais lu de Gros avait opéré en moi un chan-
gement subit. Désormais je ne détestais plus la
poésie provençale, je l'acceptais même sans ran-
cune, seulement pour m'y convertir tout-à-fait il
ne fallait qu'une circonstance, un hasard peut-
être. Voici comment il se présenta :

Je sortais du théâtre et m'acheminais vers mon logis, par le Port ; le quai était désert, le ciel noir, et le vent sifflait dans les cordages des navires, toutes les boutiques avaient soufflé depuis long-temps sur leurs quinquets ; à peine quelque triste reverbère projetait ses rayons douteux sur le che-min du passant. Je répétais en moi-même les mer-veilles musicales que Meyerbeer avait jetées à mes oreilles pendant la soirée, quand je tombai tout-à-coup dans un formidable guet-apens de *Nervi !* Ils étaient douze me barrant le passage et répétant le mot d'ordre de leur confrérie : *Que la volonté de Dieu soit faite !* Oh ! dans ce moment, je regrettai de toute mon âme ces poings vigoureux faits à l'image du bélier romain, ces épaules carrées et ces formes athlétiques dont le ciel a si largement pourvu plusieurs de mes amis, jeunes hommes d'éducation et d'intelligence, qui, grâce à leur force physique, jouent, au besoin, auprès des *Ner-vi*, le rôle que les Lamoricière et les Changarnier remplissaient avec tant de succès à l'encontre des Bedouins d'Afrique. Le *Nerf* même, quand il a la

supériorité du nombre, s'applatit instantanément
sous un coup de poing ; mais une main faible

Telum imbelle sine ictu

ne fait que rendre votre situation plus critique.

J'essayai donc de me soustraire à cette bande en
cherchant une issue du côté de la muraille, mais
les misérables m'attaquèrent, et sans l'intervention
heureusement prompte d'un ami robuste que le
hasard amena sur le lieu de la scène, je me serais
vu peut-être précipité dans le Port au cri de rallie-
ment : *Que la volonté de Dieu soit faite !* Quoi qu'il
en soit de cette devise, j'ose croire que la volonté
de Dieu n'est pour rien dans de pareils passe-
temps.

Quelques mois après, j'eus la douce consolation
de voir une partie de ces *nervi* en face du tribunal,
présidé par M. de Laboulie, qui professait pour
ces trouble-repos une répulsion invincible. Cette
fois on tourna contr'eux leur mot d'ordre : *la volonté de Dieu* et de M. de Laboulie se fit ; ils furent

tous condamnés à un terrible emprisonnement,
non sans avoir essuyé à bout portant les épigram-
mes de bon goût que l'honorable président leur
décocha avec infiniment d'à-propos.

Cette séance judiciaire, une des plus curieuses
et des plus incidentées qui se soient produites dans
les fastes de la police correctionnelle, m'avait vivement impressionné, je la savais par cœur et je
la racontais souvent à mes intimes sans omettre
un seul trait, lorsque notre grand poëte Barthélemy
vint à Marseille. Ceux qui connaissent Barthélemy
et son esprit observateur comprendront le plaisir
qu'il dut éprouver au récit de ces peintures de
mœurs locales. Chaque matin une anecdote nouvelle, un épisode inédit venait le distraire et le
mettre en bonne humeur. Un jour enfin Barthélemy, dont la franchise est proverbiale et qui ne
dissimule guère sa pensée, m'invita sérieusement
à formuler dans un poëme les faits et gestes du
nerf provençal. L'ordre public et la sûreté per-
sonnelle des citoyens y sont intéressés, me dit le
poëte, vous possédez votre sujet à merveille et

vous n'aurez qu'à prendre la plume pour faire des vers charmants. Je reculai d'abord devant une pareille tâche, Barthélemy insista, et vivement encouragé par les paroles bienveillantes du poëte, je promis sur ma foi de satisfaire son désir.

Le type que j'avais à peindre, c'est-à-dire le *Nerf*, n'est pas absolument un produit que le sol marseillais porte à l'exclusion de tous les autres sols ; à Naples, on l'appelle le *Lazaronne* ; à Rome, le *Transteverin* ; à Paris, le *Gamin* ; à Londres, le *Cockney* ; mais notre *Nerf* n'a, il faut le dire, que de vagues traits de ressemblance avec ces races légèrement bohémiennes qui campent avec tant d'insouciance dans les grandes cités. La création toute marseillaise de cette énergique dénomination de *Nerf*, est enveloppée de quelque mystère ; il serait difficile d'en préciser la date ; je croirais volontiers que ce mot jaillit tout-à-coup du sein d'un parterre de théâtre, ou qu'il tomba avec la rapidité d'une flèche des galeries du cintre. La première fois qu'il parut dans un journal et fut dévoilé au lecteur, ce fut dans le *Sémaphore* ; il

échappa à la plume d'un rédacteur de cette feuille,
qui a fait une étude sérieusement approfondie des
mœurs du *Nerf*. De ce jour, la vulgarisation du
mot *Nerf* fut complète, car jusque-là il était resté
entre ceux qui en méritent l'application ; c'est un
Nerf qui le premier cria vigoureusement à un de
ses semblables : *o nervi !* Voulait-il par là indiquer
la façon sèche et énergique avec laquelle les membres du *Nerf* sont accusés, sa démarche raide et
anguleuse, ou la brutalité de ses mœurs et l'énergie cinglante de ses revers de main ? Je l'ignore.
Toujours est-il que ce terme qui, lancé par une
bouche provençale est si riche de mélopée, a été
adopté universellement comme portant à l'esprit,
par le jet de ses deux syllabes, l'image saisissante
du marseillais qu'il désigne.

Le *Nerf* se reconnaît au vêtement, à la demar-
che, à sa manière de vivre, à l'ordre d'idées dans
lequel il se maintient jusqu'à ce que l'âge lui
courbe l'épine du dos et lui enlève les dents. Il
affectionne la veste ronde, quand il en a une, de
préférence à tout autre vêtement. Son pantalon

presque toujours fraîchement restauré à l'endroit
des reins, lui permet par sa justesse de mettre en
relief tous les avantages de sa taille, et il ajoute
encore à cet effet des plus pittoresques, par un
certain mouvement en arrière ; de sorte qu'il a le
ventre enfoncé et la partie inférieure du dos en
grande saillie. Ses épaules par leur balancement,
expriment une parfaite satisfaction, et une disposi-
tion toujours prochaine à la lutte. Ses bras, qui se
terminent par des poings tenus fermés, oscillent
comme deux balanciers, les coudes bien en dehors : c'est ainsi qu'il se montre sur nos promena-
des, où la vue d'un habit le crispe et l'exaspère.
Le *Nerf* déteste cordialement tout homme vêtu
d'un habit ; il le baffoue, le raille, s'embusque
pour le surprendre en flagrant délit d'un amour de
Nerfe, et s'il peut le provoquer sans courir un trop
grand danger, il le fait avec une brutalité d'expressions et de manières extraordinaire.

La *Nerfe*, qu'il ne faut pas confondre avec la
grisette, a peur du *Nerf*, qui fait sur elle l'effet
du vautour sur le moineau franc. Quand le *Nerf*

s'approche de la *Nerfe*, celle-ci, moqueuse d'habitude, qui répond par un : *Arléri, qué mi voulé?* aux propos amoureux du *Monsieur*, perd toute arrogance en face de son seigneur et maître, se fait petite... petite, se courbe jusqu'à terre, les plumes ébouriffées de peur, la joue pâle et la bouche sans voix.

On aurait tort de mettre sur la même ligne le *Nerf*, ce fainéant, ce vagabond, et l'ouvrier laborieux, chez qui revit le véritable et honnête caractère Marseillais : celui-ci déteste le *Nerf*, qui fait souvent porter sur notre population un jugement sévère et immérité par l'étranger ; on l'a vu bien des fois voler au secours d'un *Monsieur*, victime de la brutalité des *Nervis*. Autant les honnêtes gens et la police doivent chercher à faire disparaître de notre ville les mœurs sauvages et grossières que l'ignorance, la débauche et la paresse enfantent, autant on doit apprécier la vertu modeste et toute patriarchale de la plupart de nos familles d'ouvriers.

A cette courte physiologie il faut ajouter un

dernier trait. Orgueilleux et fier de sa nature comme le sont en général tous les Marseillais, le *Nerf* hardi, aventureux, a conservé toutes les allures indisciplinées de ses ancêtres; les coups, il les brave, les condamnations, il les subit et s'y soumet. Le *Nerf* ne craint qu'une seule chose: le ridicule. Or ce principe admis, comment devais-je aborder mon sujet? Sur le ton de l'indignation et de la colère? Mauvais moyen. Les imprécations de ma Muse eussent-elles été cent fois plus énergiques et plus terribles que celles du grand Corneille dans *les Horaces*, loin d'aboutir auraient manqué le but. Le *castigat ridendo mores* me semblait préférable. Je pris donc pour modèle et pour conseiller le maître des maîtres, Molière! et m'inspirant de cet auteur inimitable dont j'avais fait une longue étude, mon premier Chichois fut fait en peu de jours et à ma grande surprise je me trouvai poëte sans m'en douter et pour ainsi dire sans le savoir. Encouragé par ce succès *la Conversion* de mon héros ne se fit pas attendre. Barthélemy répondit à ce poëme par une admirable épître (1), ensuite vint *Chichois au Conservatoire*, puis enfin *la Police Correctionnelle* qui était la reproduction à peu près exacte de la séance judiciaire où les représentants de la volonté de Dieu sur la terre avaient reçu de M. de Laboulie une si rude atteinte à leurs prérogatives.

Au reste, les prévisions de Barthélemy s'étaient réalisées ; le coup avait porté. A mesure que mes poëmes provençaux tirés à plusieurs éditions et répandus par centaines se firent jour chez les classes populaires, le *Nerf* tempéra son allure agressive : le ridicule était là suspendu sur sa tête et cette circonstance le mettait, sans doute, en considération. Les *Nervis* téméraires à l'excès n'auraient pas reculé devant une correction énergique, les peines judiciaires ne les auraient pas intimidés le moins du monde ; ce qu'ils redoutaient de rencontrer au Tribunal ce n'était pas le châtiment de la loi, quelque sévère qu'il fût, mais l'épigramme, la raillerie, le sarcasme et l'application

(1) Cette épître se trouve dans le troisième poëme intitulé *Chichois au Conservatoire*.

de quelques vers moqueurs. Aussi dès ce moment, les attaques nocturnes contre les citoyens inoffensifs furent-elles moins fréquentes et les condamnations plus rares. On le voit, c'était corriger en riant.

Toutefois la mission que je m'étais imposée était-elle accomplie ? Amuser c'était quelque chose sans doute, faire rire aux dépens des trouble-repos dont les méfaits scandalisaient la ville, c'était beaucoup, mais, à côté de la punition, où était l'enseignement, où était la morale ? Ne fallait-il pas une conclusion à tout cela ? L'expérience ne m'avait-elle pas souvent démontré qu'il existe chez les esprits les plus indisciplinés, chez les natures les plus rebelles un côté accessible aux sentiments généreux dont le germe ne demandait qu'à être fécondé pour donner des fruits salutaires ? Grâce à mes conseils, *Chichois* s'était amendé, il était entré au Conservatoire de Paris, appuyé de ma recommandation. Il s'agissait de savoir maintenant quel essor il prendrait dans sa nouvelle sphère ? Eh bien, c'est là que commence la seconde partie ou plutôt la contre-partie du poëme. A partir de cette période, le mauvais garnement que l'on a vu dans le premier chapitre de mon histoire, attaquer les passants, briser les bancs d'une taverne, molester les Turcs, insulter une jeune fille dans une promenade publique, ce mauvais garnement, dis-je, a fait un retour sur lui-même. Entouré d'hommes instruits et respectables, *Chichois* apprécie les bienfaits de l'éducation, il travaille au Conservatoire ; mais loin d'imiter ces élèves présomptueux qui, après quelques mois d'étude, viennent sur les théâtres de province étaler leurs défauts et leur insuffisance, il consacre cinq années à l'art du chant et de la déclamation, débute brillamment à l'opéra et quitte le théâtre dans tout l'éclat de son talent, avec une honnête fortune.

Rendu à la vie privée, *Chichois* retourne dans sa ville natale, il y retrouve sa mère dont il soutenait les vieux jours ; de là, il se met à la recherche de la jeune fille qu'il a insultée, et répare sa faute en l'épousant. Ce n'est pas tout. *Chichois* jeune encore puisqu'il a trente ans à peine, ne veut pas rester dans l'oisiveté. Que fera-t-il ? quel parti va-t-il prendre ? le commerce avec ses opérations compliquées, avec ses chances hasardeuses, ne le tente guère. Après avoir long-temps réfléchi, le hasard vient lui offrir un moyen d'utiliser son intelligence et ses ressources. Une terre magnifique est en vente dans un village à cinq lieues de Marseille, *Chichois* en devient acquéreur : il s'y installe et prodigue tant de bienfaits autour de lui, qu'il parvient à se faire aimer de tous, et finit enfin, par devenir Maire de sa Commune en remplacement de M. Sabatier, son prédécesseur, dont il effaça bientôt jusqu'au souvenir.

Là finit le poëme. Prendre l'homme du peuple turbulent, agressif, dans une condition des plus infimes, corriger ses vices, ses travers sans courroux, et le faire arriver ensuite aux honneurs et à la fortune par la persévérance dans le travail et dans la bonne conduite ; tel a été le but de cet ouvrage. Certes, la pensée morale et philosophi-

que , qui domine dans mon Odyssée provençale,
n'est pas neuve, je le sais, mais enfin si je n'ai
pas le mérite de l'avoir inventée au fond, du moins
m'accordera-t-on de l'avoir vulgarisée par la
forme, et de l'avoir rehaussée par des traits de
mœurs, et des scènes d'observations qui, dans
mes vers, j'ose le croire, ne manquent pas d'une
certaine originalité.

Pour contribuer autant que possible à l'amusement du public toujours ennemi de l'uniformité
et de la monotonie, j'ai fait suivre mes poëmes
d'une série de contes sur des sujets comiques.
Dans cette dernière partie ainsi que dans mes trois
derniers *Chichois*, la correction du style m'a vivement préoccupé. Je dirai plus , pour répondre aux
justes exigences de quelques-uns de mes lecteurs
puristes avant tout, je n'ai pas même employé les
licences que la poésie provençale autorise, licences dont Gros lui-même le modèle des poëtes
provençaux a si largement usé et que nul à moins
d'avoir un goût décidé pour la chicane et pour la
pédanterie, ne songe guère à lui reprocher au-

jourd'hui. « Quand le naturel, l'ingénieux et le naïf, a dit un grand écrivain, sont réunis dans des ouvrages dont l'originalité piquante rehausse le mérite, les fautes échappées à l'auteur ne sont aperçues que par la critique, et les beautés qui les éclipsent passent de bouche en bouche à la postérité. Voltaire a trouvé dans les fables de Lafontaine beaucoup de défauts que depuis deux siècles des milliers de lecteurs enchantés n'ont certainement pas sentis. »

En terminant cette préface, me sera-t-il permis d'adresser un remercîment à tous les hommes impartiaux de bonne foi qui m'ont encouragé, soutenu dans ma tâche et m'ont couvert de leur égide lorsqu'en butte à des attaques malveillantes j'hésitais à donner une suite à mes premiers essais? sans leur appui j'aurais peut-être renoncé vingt fois à compléter mon *idée*; aussi le livre que je présente aujourd'hui au public est-il en partie leur ouvrage et pourront-ils s'en montrer fiers s'il rencontre quelque succès.

G. BÉNÉDIT.

Marseille, le novembre 1853.

CHICHOIS

vo

LOU NERVI DE MOUSSU LONG.

CHICHOIS

vo

LOU NERVI DE MOUSSU LONG.

— ◦○⋆☽⋆○◦ —

SOMMAIRE.

— ◆ —

G. Bénédit à Barthélemy.

—

Lou vinto-cinq doou mes darrier ,
T'escriveri per lou courrier ,
Et ti dounèri à la filo
Leis agramens de nouestro villo ;

Ti parléri d'abord doou Cous,

Fres en estiou, quoiqué pooussous,

Car despui qu'an fa plaço netto,

Touei lei rabeïroous doou cantoun,

Per espragna lou boues et lou carboun,

Oou souluou couignoun d'ooumeletto,

Prochi d'aquel oustaou à façado de gi,

Mounte vias : ICI L'ON CERCI !

T'aï parla de la fouen de la place Royalo

Aquelo puissanto rivalo

De Loueï l'arrousaïre publi,

T'aï parfetamen establi

Lei parfums savourous qu'incessament exalo

La barriquo municipalo,

Et lei douis rangs de pissadous

Que soun lou long dei courradous.

Aï pa' ooublida lou port à l'ooudour embaïmado

Que toumbo nuech et jour leï mousco'à la voulado

Et lou plaisi toujour pu noou

De proumena en bateou din la villo quand ploou.

Maï tout aco es pas ren, ami, car aï en testo

Encaro un inciden per accoumpli la festo :

L'enfant quand si va counfessa

Gardo toujour lou gros pecca

Per la fin ; ensin iou ; vas veire ,
Que ti menti pas , va poues creïre,
Quant oou sujet que voou trata ,
Duou piqua ta curiousita ;
Car enfin va soouras , ooujourd'hui mi réservi,
Barthelemy , de ti parla deï nervi ,
Et surtout doou nervi Chichois,
Cita per seï noumbrous explois.

I.

Dounc ; aquéou bédouin de Marsio,
Aou luego de vioure tout nus,
En sagouroupan d'un barnus,
Portavo uno vesto cassio,
Un capeou gris, round de dessu,
Eme douis flots darrié lou su,
En empruntant a soun lingagi
Leïs apparenço d'oou couragi,
Avié ni trevo ni répaoou
Que noun aguesse fa touto sorto de maou :
Quan intravo lou souar , leï vesins tremouravoun ,
Touti leï fios s'estremavoun,
Dei pus gros nervi doou quartié
Disien qu'éro lou capourié,

N'en counvenien senso misteri.

Despui hiué jour fasié l'emperi,

Avié sacregea tout lou Cous,

Foutu de chiquo an'un gibous,

Roumpu leï bancs d'uno gargoto,

Estrassa lou capeou an'uno francioto

Que proumenavo émé sa sur,

Avié garça de datti an'un Tur,

Poussa de caramans din l'aïguo

Oou chantié de mestré Ramaïgo,

Pui avié coousigua un moussu,

Aprè l'avè tuba dessu,

Mès treis gats deï Carmé en pooutio.

Embregua un panié de boutio,

Quatre banasto eï pouarteris.

Cresi que jamaï s'éro vis

Un mooufatan d'aquello espeço,

Lei brayos remplidos dé peço,

Si pavanegeavo oou souluou,

En moustran lei gaoutos doou cuou,

Su lou beou mitan deis Alléïo,

En crésen de faïré merveïo,

Lou matin doou jour de San-Jan,

Emé un troué de brus à la man.

Aqueou troué de brus es l'emblemé
Aoussoulu, doou poude suprèmé
Qu'an leï nervi en aqueou jour,
Or, ooujord'hui coumo toujour
(Ren de parié en d'aquello ooudaço)
Si carroun ei prémierei plaço,
Vous poussoun à tor à traver,
En mandan de pooussiero en l'air;
Vous venoun busqueja la testo,
Emé uno branco de ginesto;
Cantoun, fan un sabbat de la mareditien ,
Metoun tout en revoulutien.
Se li parla doou coumissari,
Si picoun su lou tafanari;
En vou cridan : Oh ! lou bel aï !
Vo ben : FENI-AN; tant et maï !
Lou bouen Diou vendrié su la terro ,
Qué li desclararien la guerro.
Per li faïre entendre résoun
La qu'un moyen... Leï coous de poun.
Se qu'oouqu'un de vaoutreï n'en douto,
Din miech ouro en mi metten souto
Iou soulé mi cargui d'ou souin
De li mena trento temouin.

Martin, Bertrand, Déluy, Cikary,
Micheou, Bremoun, Bouey lou noutari,
Rouazo, Casenovo, Scarra,
Blanc, Négré, Roux, et cetera.

II.

Dounc, lou matin d'aquello fiero,
Uno charmanto courdouniero
La fio de misé Nicot,
Anavo croumpa un baricot,
En brassetto émé soun amigo,
En caminan, fasien la figuo
Eis aoutreï fios doou quartié,
Que crebavoun de jalousié,
Nanetto ero fouesso poulido
E ben facho, quoiqué soulido.
A para vingt coous de mistraou
Avié'un cuou coum'un apanaou,
Et leï pousso requinquiado.
Graciouso, pipanto, assiounado,
Pu fresquo que lei roso eme leï joussemin.
Que rescountravo per camin,
Quand agué fa vingt tour d'aleïo
Emé soun amigo Reyneïo,

Nanetto Nicot s'arresté,
Per marcandegea un res d'aïé.
Maï aou moument que s'abeissavo,
En fen veïre seï gros bouteou,
Chichois de lun la relucavo,
Et n'en devenié rababeou !
En fen semblant de ren s'approcho
Emé uno man dedin la pocho,
Viro, torno, passo d'arrié
Pui aprés reven de coustié ;
Avanço un paou, s'arresto, pousso !
Enfin fa tant, di tant, que l'aganto uno pousso...
Nanetto anavo per creida,
Maï avan qu'aguesse bada,
Lou nervi reçubé uno bouito
Que li fague veni leï rouito.
Er'un leventi d'oou Panié
Que despui d'uno houro suivié
Touti leï pas de sa conqueto,
Lou carignaïré de Nanetto.
Quan si sigué desbaguegea,
Chichois si vougue revengea,
Anavo pica, maï pécaïre !
Vigué leou émé qu'avié'à faïre,

3

Un bougré testar coum'un muou
D'un coou de poun oourié tua'un buou.
Chichois si vougué mettre à courré
L'aoutre lou fé piqua de mourré
Emé un coou de pèd dins leï ren.
Oou bru d'aquel avenamen,
Touti leïs hommés s'accampavoun
Et leï frumos si demandavoun :
L'a ben de mounde, qu'es aco?
— Dien qu'es la fiu de Nico.
Quïunto? la bruno? « — Noun la rousso.
Un mooufatau la manegea leï pousso...
Ben maï l'a mes leï mans souto lou coutioun.
— Es-ti poussible! aqueou capoun!
Avé bello diré, à Marsio
Poudè pas laïssa ana leï fio
Touti souletos... L'an passa,
Mioun éro oou banc... un foussa
Que caminavo émé uno cano,
Ven croumpa dous soous d'avelano.
Mioun lou servé... en s'en anan.
Viou que passo d'arrié lou ban
Agueri l'uei, mi mesfiséri
Et feri ben, car entenderi.

Que li disié : *Si tu voulais,*
Petito, zé t'ententiendrais ?
Demain zé reviendrai z'ancoro.
Subran, aganti la cassoro,
Que se mi tenoun pas lou bras.
Bessaï l'embregavi lou nas !
Quan pensi en d'aqueou bouenovoyo,
De treïs jour aï plus gés de voyo
Aquéou mouestré ! *Si tu voulais,*
Petito zé t'ententiendrais ! !
Oourié mies fa, coumo di Piarre,
D'entreteni sa paouro souarré,

III.

— Es coumo iou, lou mes darrié,
En venen de la pescarié,
Intravi à la carriero Touarto,
Babè esperavo su la pouarto,
Mi souvent toujour que ploouvié.
Coumo mounti su l'escalié,
Ven un bregand qu'avié pissuigno,
Aguessia vis aquello migno.
Semblavo a n'un escumengea
Senso si vouyé dérangea,

Oou luego d'ana à la muraïo
Vis-à-vis, si desfa leï brayo ;
Pui après s'estre escambarla,
Pisso oou beou mitan doou vala ! !
Babè quan vigué eisso, pécaïre,
Sarré leis ueis... aï ! sé soun païre
Aguesse vi uno cavo ensin,
Arribavo quoouqu'assassin !
Féri qu'un saou din la carriero,
L'estrasseri la cavaliero,
Li feri toumba lou capeou ;
Oouriou vougu li devessa la peou,
L'espooutissiou, l'escarpignavi ;
Se mi lou levoun pas lou tuavi !
— Coumo li pissavo davan ?
— Vouei, avié leï *brayo* à la man
Prengueri uno talo coulero
Que crésiou mouri de la méro.
— Et leïsseria ana aqueou gusas ?
— Anéri querré Moussu Cas,
Perqué l'arrestessé dessuito,
Resteri pas quatre minuito,
Maï ero plus davan l'oustaou,
Avié lampa coumo un uiaou ;

Un paou pus leou l'oourian fa riré.
— Que vous dirai.., es pas per diré,
Aco, es pu fouar que d'aïgarden.
— Et puis vou dien : siégue pruden
Douna de bouis exemple eï fio.
Gracis à diou din ma famio,
Jusqu'aro degun a manca
Et ma fio a jamaï brounça.

Tamben moun homme li pren peno,
Vé, boueno mise Madaleno,
Changearié pa'un coou de camié
Senso passa darrié lou lié.
Eïer Babè disié *couietti*,
A moun pichoun lou gros bouffeti,
Moun hommé li digué : Babeou !
Se parles maï ensin, ti garci un bendeou !
Vaguesse fa, l'ourié rendu servici.
Apré'aco, quan via de brutissi,
De mooufatans senso pudour.
Que vou venoun moustra en plen jour....
Voou mies que digui rén, car despui lors ma fio
Si sousten que per mérévio,
Mangeo ren, a toujour lou fué,
Fa que soouta touto la nué!

— Se li fasia un paou de tisano
Deï quatre flour ? — Misè Roumano
M'avié di de la fa soouna ;
Deman matin duven ana
Prendré counseou de Moussu Trussi.

— Leï cirorgiens soun de destrussi.
An bello faïre leï saven
L'enténdoun ren lou pus souven,
Escouté pa' aqueleïs arleri,
De fés que l'a, un pichoun cristeri
Voou miés que touti seï saounié,
Sei tasseou et seï porcarié.
Vaï pas vis per iou quan toumberi !
En quoouqueï semano prenguéri
Touto sorto de poutitè ;
Enfin un jour feri de thè
Eme d'aïguo de flour d'arangi,
Et graci en aqueou melangi,
Din quatré jour siguéri ben.

IV.

— Avé raisoun. — Maï revenen
V'hui foou que vous n'en conti uno,
Que vous va faïre toumba oou soou

Aves vis bessaï quaouque coou
Moussu Reynié de la coumuno ?
Mi lévé per sa proutetien
Moun aïné de la couscritien.
Aï se lou counouissia, es tan bravé !
Travaïo aqui, émé Moussu cavé,
   Coumo li dien ?... ajuda mi ?
   — Moussu Blanc ? — Voueï soun douis béni,
Pissa daou ciele, oounesté, aimablé.
   Et surtout fouesso caritablé,
   Quan reçuboun de paoureï gen,
   Li dounoun toujour qu'oouqu'argen,
   De pitoué ensin, soun fouesso raré.
Moussu Reynié es tout san Lazaré,
   A leï chuvus roux coumo l'or.
   Maï aremarca un paou lou sor !
   Lou darnié jour de la semano
   Senso sachu ce que l'arribarié
   Lou bénéroux, tranquilamen venié
   De querre sa frumo à la Plano,
   Descendié su lou boulevard,
   Ver leï noouv' houro mens un quart ;
Fasié un tem souroumbrous (la luno
   Aqueou jour avié resta n'uno),

Ero pa' encaro eï Capouchin ,

Qu'entendé creida à l'*assassin* !

Ero d'hommés que si picavoun ,

Din lou vala si tirassavoun.

Moussu Reynié per carita

Courré per leï dessepara.

Maï oou moumen que s'avançavo

Per afin d'arrangea la cavo ,

Ti li toumboun quatré dessu

En creidan zou ! su lou Moussu !

Eou si débatié coumo un fouélé ,

Maï l'arraperoun per lou couelé ,

Per la peitrino , per leis bras ,

Hurousamen aneroun pas pus bas ,

Se l'agantessoun leï partido ,

Sa paouro frumo ero poulido ,

Li lou poudien despoudura.

Tou lou mounde en aousen creida ,

S'acampé selon l'habitudo ,

Et cadun venié douna ajudo

Contre aqueleï quatre piar.

Moussu Reynié es fouesso gaïar ,

S'aguesse pa agu sa faquigno

Que lou genavo dé l'esquigno ,

Nen poudié ensuqua daou va tres.

Maï es pas lou tout, aï aprés

Que din lou tem que si piquavo,

Sa paouro frumo tremoueravo !

Dien que prengué un jour à la mouar ;

Fougué que buguesse lou souar

Douge escudellos d'arquémiso ,

Per d'haou , per dabas fague criso,

Que se siguessian pas d'hiver ,

Poudié vira lei cambo en l'air !

Moussu Reynié 'es senso rancuno,

Maï vouguen douna une liçoun

En d'aqueleï quatré capoun ,

Lei mandé querre à la Coumuno.

Quand siguéroun din soun béreou ,

Leïs oouria pré' émé lou capeou ,

A leï creiré éroun en ribóto ,

Venien touteï quatre deï Croto.,

Si poussavoun per s'amusa.

Moussu Reynier leï fé tèisa ;

Et si dreissan su sa cadiero

Per lei coundana' à sa maniero ,

Veicito ce qué li digué.

—« Vous teni touti en moun poudé,

Vous pourieou porta préjudici ;
En m'anan plagne à la justici ;
Sia de marias, sia de capoun ,
Que merita d'ana en présoun.
Se voulè pas que douni suito
A vouestro affaire , foou dessuito
Ana porta quatre-vingt franc
A l'égliso de moussu Franc ;
M'avé oousi..... se manqua de zelo ,
Dilun , oouré de mei nouvello. »

V.

A la fin d'aquéou jujamen ,
Quoounqu'un que leï teniè damen ,
Di qu'avien pa envegeo de rire ,
Et va si feroun pas maï dire.
—« Osco ! vaqui un brave moussu ,
A ben fa , la boueno saru ! »
— Doou tem que misé Jus parlavo ,
A doui pas d'aqui si passavo
Uno estrangeo counversatien.
Veicito de que ero questien.
En retour de soun escapado ,
Chichois reçubié une espooussado.....

Esparpouli, amourouna
A peno oougeavo boulega,
En lou fasen battre en retreto,
Lou carignaire de Nanetto
A coou dé péd, à coou dé poun
L'avié devessa lou mentoun.
Oou mitan d'aquelo destresso,
Lou cuou fangous, leis neis en péço,
Lou nervi si mette à ploura :
— « Ave pas crento d'insurta,
Lou nebou d'un ancien prud'hommé,
De la carriéro deï Gassin ?
Es ensin que pica leïs hommé ?
Leïs hommes si picoun pa' ensin.
Se résounavia un paou leï cavo,
Veiria que siou vesin de moussu Chavo.
Aqui cé qu'es d'estre estrangié,
Pa couneissu dins un quartié !
Se fé un pé, vo ben uno louffo,
Cadun vous vèn garça dé bouffo !
Bougré de capoun, de judiou !
Vénè, vénè un paou émé iou,
A la pareissado Sant'Anno,
Vous diran que siou de la Plano,

Qu'aï resta sept mès oou Ban long,
AI TRAVAÏA DEX ANS A MOUSSU LONG !!!!!
Oou magasin fasiou leï ballos,
Escoubavi , triavi de gallos.....
— Teïsa-vous bougré de gusas,
Vo ben vous embregui lou nas,
Véné desavia leï famio
En manegean lou cuou eï fio,
E puis mi dia qu'es pas veraï,
Ana.... fila.... v'agantaraï,
Se jamaï vous viou per carriero,
Ségu vous espaoussi leï niero !
— Es égaou, avè tort, moun cher,
Mi proumenavi émé Imber,
Avian rescountra Domeniquo,
L'avie Gatou émé Musiquo (1),
Ensin, fasian pas ges de maou,
S'amusavian, si poussavian un paou,
Et mi fouté une rousto abouminablo !
Duvi avé la facho impraticablo !
Ah ! m'en avé garça de coous dè poun,
Ana..... sia pa' un bravé garçoun !

_____

(1) Noms de deux *Nervis* célèbres condamnés par M. de Laboulie.

LA COUNVERSIEN DE CHICHOIS.

LA
COUNVERSIEN DE CHICHOIS.

G. Bénédit à Barthélemy.

Adavans'ier après dina,
Oou lué dé m'ana proumena
Su lou Port, coumo d'habitudo,
Resteri din ma soulitudo.

Estendu su lou canapè,

Tout dé long de la testo eï pè,

Legiciou en fuman ma pipo

A meïs amis Loueï et Felipo,

En souciéta d'un estrangié,

Leï vers que m'as escri d'Argié.

Un coou la lituro enregado,

(Va ti diou selon ma pensado)

Tout lou moundé fougué d'accord

Que s'oou mitan doou desaccord,

Et deï discuciens sens'égalos

De nouestreï musos prouvençalos,

Fasiés emprima'aqueleï ver,

Avant que passessé l'hiver,

Seriés prouclama din Marsio

Lou rey, vo puleou lou Messio

Que lou prouvençaou San-Janen

Espero despuï tan de tem.

Senso mettre leï cavo'oou piré,

Es ben de tu que pourrien diré :

« As doun lou tron-de-diou, per parla prouvençaou ?

« Sooupiques cadé mot de pébré émé de saou ;

« Quan grafines qu'oouqu'un, li dérabés l'escorço.

« Mi crésiou djusqu'eïci d'uno poulido forço,

« Maï despui qu'aï ledgi toun savent papafar

« Siou plus ren qu'un *taroun*, à parla senso far.

« Gros eou même, mi semblo un homme à foun de calo.

« Viven à nouest'epoquo, oourié tira l'escalo:

« Leis ooutours francios, leï Boilo, leï d'Giber

« Que per diré de maou an lou gaoubi d'oou ver,

« Et que citoun partout coumo gaïar d'esquino,

« Soun, oou respé de tu, d'ooutours de tanto pino. »

    Vaqui ce qué dirien de tu !

    Pui, cousterna, l'uei abattu;

    Leï fricoutur en escrituro,

    Ennemis dé touto censuro

    Qu'aougeoun coumpara l'aïguo-saou

    Oou bouïabaysso prouvençaou,

    Et si crésoun dé grand génio,

    Quan d'oou mitan de seï bordio

    Tiroun un bouen vers per leï puou !

    Serien *taroun* coumo de puou.

    Dins l'espouar d'aquélo réformo

    Qu'endiqui eïci per la formo,

    Repréni ce que ti disiou.

    Coumo va sabés, légiciou

    Toun épitro. Arriba'oou passagi

    Ounté mi diés en homme sagi:

« En vérita, coulégo , as lou *perié* ben du ,

« Saviou fa ce qu'as fa, creïriou que siou perdu.

« Un nervi , paoure enfant , mette va ti en testo ,

« Per foutré'uno espooussado a toudjour la man lesto.

« Vo de nué vo de djour , leïs roumpus , leï fénas

« Ti garçaran ta bouit'en creidan : *poussez pas !*

« Martirisa dé coou, assassina de pattos ,

« Semblaras un su-hommé'en sorten de seï pattos....

I.

Countinuavi toujour quan aousi tout d'un coou ,

Eïes escaliers quoouqu'un qué si garçav'oou soou

En fuman ma pipo de *Servi* ,

Voou durbi la pouarto.... er'un nervi

Qu'aparamen sabié pas l'us.

En mi visen , signé counfus ;

Oougeavo pa'intra ; lou prengueri

Souto lou bras et li digueri :

Bouen jour , que bouen vent vous adué?

Eïci de jour coumo de nué

Sian touti à vouestré servici.

(Après l'avoir examiné.)

Avè lou cuou plen de brutici ,

Per hazard vous sia pas fa maou?

Venè mangea'un paou de pélaou

Eme'uno patto de lingousto.

Dins lou vin sooussaré'uno crousto,

Vous soustendra jusqu'estou souar

Et vous assouerara lou couar,

Anen, viguen, agué pas crento,

Intra, pagaré gés de rento.

Voulè fuma, vaqui de fué.

Bessaï, buouria'un dét de vin cué?

Counfisa de touto maniero,

Asseta-vous, l'a de cadiero

Vo de fooutueï à vouestre choix;

— Fagué pa'atentien, siou Chichois.

— Chichois!!! — Vouei, Chichois; vous dérangi?

En mountan, de gruïos d'arangi...

M'an fa resquia... d'oou reboun...

Aï roudéla jusqu'oou segoun.

Lou bras mi couïé que mi lardo.....

En descenden de la Reynardo,

V'hui, su d'un mouroun de gipas

Aï toumba su lou mémé bras.

Per suito d'aquelo begudo,

Arémarqui qué d'habitudo

Quan avè maou en quoouqu'endré,
Vous l'embrounqua toujour tout dré.
— Foulié'arrapa la man couranto.
— Crési qu'avé raisoun.... entanto
L'a' un'houro qué foutimassiou
Et vaï pas dit per qué veniou.
— Et ben digua mi vo dessuito.

(Mystérieusement et à demi-voix.)

— Coum'es questien... de ma conduito...
La de moundé... répassaraï
Deman matin va vous diraï.
— Perqué? Leïs gens que vous escoutoun,
Moun cher, crésè vo, tant si foutoun
Que parlé coumo sé dia ren.
Coumo coumprendrien qu'ooucaren ?
Despui d'eïer soun à Marsio.,
Tant digan qu'agoun ges d'oourio
La' un Prussien emé douis Danois,
Entendoun pa'un mot de patois ;
Poudè parla senso ren creigné.
Ténè, n'a v'un que mi fa signé.....
Mi demande ce que mi dia.
— Quaou? aqueou qu'a l'air esglaria?

—Précisamen. — Alors coumenci.

II.

Escusa mi se vous oouffenci.....
M'avè bougramen empaououna
Din leï vers qu'avé fa imprima,
Maï, es égaou, va récounouissi,
M'avè rendu'un famous servici
En mi forçan à durbi l'uei !
Ah! foou que n'en convengui v'hui,
Senso vous sériou enca nervi,
Cresé vo, tant ben vous counservi
Moun estim'et moun amitié;
Que vilen bougré de mestié
Aviou pré'aqui ! Vè, quoiqué crano,
Si passavo pa' uno semano
Que noun mi foutessoun de coou,
A mi garça l'esquin'oou soou.
Touti leï jour gagnavi un'ambo,
V'hui mi desfasien uno cambo,
Lou surlendéman er'un bras,
Lou souar, m'espooutissien lou nas,
Lou matin mi mordien l'aourio,
Mi metien leïs uei en pooutio....

Ensin, moun cher , vous remerciou
De vous estre foutu de ïou ;
Sens'aco coumo m'a dit Barlhé ,
Anavi fa'un tour à San-Carlé.
— Aco si ! touca mi la man...
Et voulia repassa deman !

(En baissant la voix.)

Maï permettè que vous v'oousservi ,
Coumo va qué véria fa nervi
Et coumo vous n'en sia tira ?
— Quan va soouré, v'estounara ,
Asseta-vous, et préné noto.
Un dilun qu'erian en riboto ,
Buguérian oou *Chivaou-Marin*
Déso-sept boutios de vin,
Erian tres. D'abor l'avié Gatou,
Puï ïou , emé Mourou lou mâtou ;
Quan sigué questien dé paga
Aguérian bello boussegea ,
Toui tres n'avian ni soou ni maïo.
Voulian fila vers la muraïo
Per sorti... L'agué pas mouyen ,
L ou maistre noun tenie da men ,

Aremarquavo nouestreis pocho...
Noun fasié d'ueis coumo de bocho !
Cependant quoiqu'embarrassa,
Fénissérian per s'adreïssa,
Prochi doou maistré m'avancéri
Oounestamen, et li diguéri :
« Vè , sian touti de braveïs gen ,
Aven ooublida noustr'argen
Su la taoulo de la cousino.
Moussu Gaubert de la Marino
M'a counouissu ; per precooutien
Demanda li d'informatien ;
A la pareïssado Sant'Anno ,
Vous diran que sieou de la Plano,
Aï resta sept mès oou Ban–long,
Siou lou coumis de moussu Long ,
Et lou vésin de moussu Chavo... »
— Moun cher , tout aco soun de cavo
Qu'an pas cours oou *Chivaou-Marin.*
Dèso-sept boutios de vin
A quatré soous, d'après moun compté,
Fan tres francs hiué.— Maï moussu Conté,
Voulè pa'entendre la résoun ?
— Leï discours soun pas dé saisoun ;

Ensin mi roumpè plus la testo,
Foou paga, vo leïssa la vesto.
De sa phraso ero pa'enca oou bout
Que Gatou li garç'un atout !!!!
Li fé veïré touti leï lumé :
Un coou de marteou sus l'enclumé
Fa mens de bru... sus lou moumen
Aguessias vi'aqueou tramblamen !!!
Leï bancs, leï taoulos, leïs armari,
Lou boués, lou fugoun, leï canari
Deï gabi pendud'oou planchié,
Leï miégeos, lou tian, lou péchié,
Tout er'en l'air... nous ensaquavoun !...
Eroun maï de sept qué piquavoun...
Cadun creïdavo : escouta-mi...
Poussèz pas... sian touti d'ami !...
Mourou din aquelo bagarro.
Fougu'ensuqua d'un coou de barro.
Lou porteroun à l'espitaou
Su d'uno'escalo.... ben malaou !
Un paou rémés din la souarado ;
Réchuté din la matinado.
A miegeou li pren maou dé couar
Li vaou a n'uno houro .. ero mouar !...

Eisso d'eici... mi fagué peno...

Véniou de mengea de toouteno.,

Mi restéroun su l'estouma.

De douis jour aviou pas fuma.;

L'avié'un couleguo que plouravo.,

Iou, tout aco m'estoumagavo.

Alor mi feri'uno raisoun

E mi penseri : qu'es bésoun

D'ana passa la vido duro ?

Es uno leï de la naturo ,

Déman , mi poou arriba à'icou.

L'a pa'un quart d'houro qu'éro viou,

Aro'a déja la facho touarto ,

Leï peds giélas , leis ueis tarrous,

Eh ! merdo ! trent'un trento dous,

Que lou darriér sarré la pouarto !...

Alor va sacrégéri tout',

Meteri lou fué de prétout.

A l'oustaou nuech et jour bramavi...

Doou matin oou souar m'empégavi...

Un jour en passan su lou Cous,

Rescountreri'un pichoun gibous

Que mangeavo douis liars d'amouro.;

Lou couchéri pendan miech-houro.,

Un coou qué si sigué'arresta,
Toussié que poudié plus piouta ;
Avié tant courru qu'ero poupré,
Lou basséléri coum'un poupré.
Pui lou garcéri dins lou port,
Tout lou moundé mi douné tort !!

(Une pause.)

III.

Lou lendéman récoumenceri,
Maï siei més après... rescountreri
Un bougré que piquavo du !
Mi tirassé dins un coundu,
Mi fagué de boff'à la testo,
N'en demandéri pas moun resto.
Ero lou beou jour dé San–Jan,
Aï maou eï rens en li soungean.
Per arrévengea sa counqueto,
Lou carignaïré de Nanetto
Mi travaïé lou casaquin !! ˙ ˙ ˙
Qunteï coous de poun !!.. cré couquin !!!
Ana'aviou pa'envegeo de riré.
Lou lendéman, li féri diré

D'ana piqua'émé seï parié ;
Restéri treis seman'oou lié,
Qu soou l'argen qué despenderi !
Lou promié jour que mi lévéri,
Poudiou quasi plus camina,
Aviou lou cuou entaména...
Quan descenderi'à la carrièro
Souto lou bras de Loueï Figuiero
Emé les ueis coumo lou poun,
Leïs homme mi disien, capoun,
Leï frumos mi fasien la loubo,
Mi couchavoun à coou d'escoubo,
Si li poudié plus abari.
Enfin, las de m'abasordi
Mi vénien de laïssa'un paou libre,
Quan empriméria vouestré libre.
Despui d'alor, souar et matin,
Siou plu'esta bouen à douna'eï chin.
A la carriero Pescatori,
Vè, m'an roumpu leï génitori,
Mi recitoun leï vers per couar
En mi tratan dé gus, dé pouar ;
Quan passi si foutoun à riré.....
   Embéta. vous sieou vengu diré,

Que dounavi ma démicien.

— Per counta'aquello bell'actien
Mi cargui de prendré la plumo....

(L'interrompant.)

— A prépaon, aï uno coustumo
Qué mi poou faïre fouesso tor,
Sabè qué sieou franc coumo l'or,
Veici ce qu'és : din la jornado
Espéri su la proumenado
Touti leï moussus qu'an de gants,
Et li creïdi : voulurs!! brégands!!
Ténè, dimècré, mouss'Alari,
Sabè ben... lou gran coumissari ,
Coumo viravo lou cantoun
Li creïderi : voulur!! capoun!!!
— Fourra quitt'aquel'habitudo !
— La quittaren..... emé d'ajudo.
— Fourra plus teni de prépaou
Su degun.... gés diré de maou.
— Dé maou! ana siégué tranquille,
Vouestre counséou es inutile.
De maou!! m'arribara jamaï,
Moou tron de diou sé n'en diou maï.

— Eh! ben, n'en vénè maï de diré.

— Aquestou coou éro per riré,

Et va disiou sens'intencien,

Escusa, l'aï pas fa'attentien,

Maï es fini, vous va proumetti,

Dédins ma pocho foou qué metti

Quoouquaren per m'en rappela....

Et pui dré d'est'après dina

Voou oou chantié de moussu Regui....

— Et surtout, Chichois, vou n'en prégui,

Fagué plus gés de maou eï Turs!

Aou luégo de troubla leïs churs,

Lou souar, en li livran bataïo,

Metté vous din leïs basseï–taïo,

Coumo Fèli, Paou et Mimiou.

Avé'uno vouas d'oou tron dé diou,

Va roumprés tout ... eï proumenados

Su l'aïgo, dins leï sérénados,

Vous applooudiran, et l'hiver

Pourrès veni canta oou councer;

Oourés l'habit... mettrés de botto,

Dé gants de tricot, de culotto

Que vous tésaran pas d'oou cuou.

Portaré'un capeou negr'à puou;

Lou mouchoir doou couelé de sédo ,

La camiso fino , ben rédo

Et lou couelé ben empesa.

Pui quan vous sérès fa frisa

Fé vous mettre un paou de poumado

Eï favouris.... din l'assemblado

L'a fouesso damos qu'an de mus ,

Es perqué lou coou siégué jus.

Frés, assiouna , né coum'un vori ,

De la carriero Pescatori ,

Descendré touti leï dilun

Vers leis Alleyos.... ses troou lun ,

Din l'interés de vouest'afaïre ;

Alor , veïci ce que foou faïre :

Foou dire'oou fréro de Gouton

Qué vous presté soun carretoun ;

Mounta su d'aquel'équipagi

Oouré l'air d'un grand persounagi ,

Vous réçubran emé respè

Et v'enbrutiré pas leï pè.

Qu'an ser'intra , su d'un'estrado

Garnido d'uno balustrado ,

Oou beou mitan deis instrumen ,

Vous plaçaran.... tendré damen

Aquéou que batté la musuro...
Es un mistourin... à mesuro
Que vous dira : zou ! partiré
Et veïci coumo cantaré :
« *Les oisós celebro l'auroro*,
Lé berzé çanto lé printems,
L'amant la botè qu'il adoro,
Lé rétour d'Aristipo è l'obzé de nó çants.

A nó mé bravo Calvinisto,
A nó les fio des papisto,
A nó ricesso z'é bon vin
   Et BBButin   (bis)
Zé suis votre vié, capitaino
A la vitoiro zé vous méno !

IV.

Se va dia'ensin v'apploudiran,
Et leï papiés n'en parlaran.
Lou *Messagié* que l'on devoro,
Lou *Sud* émé lou *Sémaphoro*
Et la *Gazetto d'oou Miéyeour*
Diran touti lou mémé jour :
La saison musicale ardemment désirée,
Par un concert brillant vient d'être inaugurée !

Le CERCLE pour ses chœurs s'enrichit de bons choix,

Nous avons remarqué le choriste *Chichois*,

Un jeune débutant qui nous vient de Marseille,

Si son maître, à propos, le guide et le conseille,

Chichois peut devenir l'effroi de ses rivaux,

Et l'énergique appui des opéras nouveaux !

Dans un morceau brillant, mélancolique ou tendre

C'est un charme inouï déjà que de l'entendre !

Sa voix, qui sans effort atteint toujours le but,

Du *fa dieze aigu* descend jusqu'au *contre-ut*.

Aussi de tous côtés, à chaque rang de loges,

On dit, après avoir épuisé les éloges,

Que ce Chichois guidé par un bon professeur,

Pourra seul remplacer notre grand Levasseur,

Que Rossini joyeux sortira de sa tente,

Pour cultiver Chichois, jeune basse-chantante,

Et que ce provençal, avec ses airs si francs,

Gagnera dans six mois au moins vingt mille francs.

V.

(Chichois au comble de la surprise.)

—Vingt millo francs ! es-ti poussible !

M'avé piqu'à l'endré sensible.

Vingt millo francs ! iou que toujour
Aï gagna que vingt soous per jour !
A moussu Long fasiou leï ballos,
Escoubavi, triavi de gallos,
De goumo, d'assafétida,
Et pui lou souar, coum'un fada,
Quan eri roumpu de fatigo,
Mi fasien garda la boutigo,
Despui sept houro jusqu'à noou
Et mi dounavoun que vingt soou !
Vingt millo francs !! maï de la vido,
Oourieou gagna talo partido !
L'a maï de proufit qu'oou piqué,
En li pensan aï lou chouqué.
S'aviou vingt millo francs ! dessuito,
Senso tarda d'uno minuito
Anarian bouaro'eme Davin
Per trento millo francs de vin.
— Daïsé'aï parla qué dé vingt millo
— Es veraï, ma mèmoiro filo,
Maï va disiou sens'intencien,
Cresé mi, l'aï pa fa'attencien.
Vingt millo francs !!! vè vous oousservi
Qu'à parti de v'hui, siou plus nervi...

5

S'un jour aviou vingt millo fran,
Quittariou lou travaï subran
Fariou plus ren... vo per mies diré
Alor si, l'oourié de qué riré !
Nuech et jour fariou de malhurs ;
Empalariou touti leï Turs,
Mettriou touti leï ga'en pooutio
Pussugariou touti leï fio,
Espiariou touti leï chin,
Estramassariou leï bachin,
Cooussigariou leï francioto,
Fariou resquia leï devoto,
Quan van à la bénéditien ;
Mettriou tout en révoulutien.
Eme'uno couardo ben tesado,
Anarian, dous, eï cantounado,
Per fa'estendre'à garapachoun
Leïs hommés qué fan seï besoun !
Lou souar anariou seuso brayos,
Mettriou de tout su leï murayos,
Roumpriou leï marteou deïs oustaou,
Touti leï vitros deï fanaou,
Doou Cueou-de Buou à la Pétacho,
Quan mi duvrien coupa la facho,

Chaplariou à coòus dé couteou
Touti leï cablé deï bateou;
Oou mitan doou Cous...— Vous oousservi
Que m'avé dit qu'èria plus nervi,
V'avé'ooublida ! — Mareditien !
Es véraï, l'àï pa fa attencien.
— Ténè, Chichois, mi voulé creïre,
Oou lué de creida, fè mi veïre
Qué su vous mi siou pas troumpa,
Prouva mi que sabè canta.
— Eh ! ben, qué voulè que vous canti?
— M'es égaou, quoiqué *dilettanti*,
Mi countenti facilamen.
— Bon, alor, espera'un moumen;

(*Réfléchissant.*)

L'a tres ans que maistre Figuiero,
Lou chef doou chur dé la *pooussièro*,
M'avié'aprés un pouli mouceou,
Lou cantavian emé Pousseou;
Que fasian enveni la sallo !
Er'un *solo* de la *Vestalo.*
Aqui si, que foulié creïda ¡

(*Après une pause*).

Aquo sé v'aviou ooublida...

Oouriou ben fa de mena Feli.

(Nouvelle pause.)

Ah ! crési qué mé n'en rappeli,

(Après avoir réfléchi.)

Aro digua mi... din l'oustaou
Per hazard la gés de malaou ?
Foou que canti dé la peitrino ,
Doou nas , doou goousié, de l'esquino.
— Poudé canta d'ounté voudré.

(S'arrêtant tout-à-coup.)

— M'asseti , vo mi tèni dré ?
— Adreïssa vous per qué tout vibré,
En v'adreissan sèrès pus libré ,
Et vouestro vouas sortira miés ,
Metté vous la man su lou piés ,
Et coumença vouestro partido.

Il commence à chanter sur un diapason excessivement haut.

Le fils des Dieux ! le successeur d'Arcido !

(S'interrompant).

Crèsi qué vaï pré'un paou troou haou ?
— Eh ! ben moun cher la gés dé maou,

Recoumença. Senso musiquo
Es pa'eïsa d'avé la répliquo ,

(Il chante sur un diapason extrêmement grave.)

Le fils des Dieux! *(s'interrompant de nouveau)* oh ! capounas !
Aquestou coou vaï pres troou bas...
Et cependant , siou pa'en riboto ?

(D'un air–très doux).

Se mi dounavia un paou la noto ?

(Chantant ensemble).

— *Le fils des Dieux!* *(s'interrompant enc.)* aro li siou.
Ah ! sia'un hommé d'oou tron de diou !
Coumo pussuga la musuro !
Séri pu fouar su l'escrituro ,
Vous mettriou din quaouque jornaou ;
Aro'es ni troou bas ni troou haou.

(Il chante à gorge déployée).

Le fils des Dieux, lé successeur d'Arcido ,
Théséo arme ozord'hui pour moi (bis).
Frère ennémi , frère ingrat z'é perfido ,
Etéoclo frémit d'effroi (ter)

La vareur et la bôté mémo
Se réunisso contro toi,

　　Oui contro toi,

　　Oui contro toi,

Cedo, cedo à la voua suprémo
Tremblo dévant ton roi....

Applaudissemens de l'assemblée, le Prussien et les deux Danois donnent des marques d'une admiration non équivoque).

VI.

— Parfètamen... Aquel'esprovo,
Chichois, mi ven douna la provo
Qué pourrés parti per Paris.
Quan sérés dins aqueou pays,
Fourra mettre la man à l'obro,
Et travaïa coum'un manobro.
Se sia'aquéou qué foou, l'an que ven,
En travaïan, crèsè vo ben,
Chichois, vouestro vouas sera digno
De pareïsse en premièro ligno,
Et recularé pas d'un pas.
Alizard es un darnagas,
Et Dérivis es un arleri,
Aro fan enca'un paou l'empèri

Bessaï dins dous ans, qu va soou ;
Leï gitaré toui dous oou soou ,
Se va vous mettè ben en testo.

(Il cherche dans ses vêtemens)

Qué cérqua ? — Cerqui din ma vesto
S'aï quouqu'aren per vous douna.
— Ah ! ça, crési qué couyouna?

(Avec un regret douloureux).

Aqui l'a lou couleou,... pecaïre
Que Mourou m'a'adu de Bèoucaïre.

(Comme frappé d'une idée lumineuse.)

Ah ! mangearia pa'un paou d'oousin?
N'en voou souta déman matin......
Aïma bessaï miés de cloouvisso ?
— Nani. — Voulè quoouqueï panisso?
Dins un vira d'ueï siou eïci.
— Aï besoun de ren, gramaci.
Maï en revenge per mi plaïre
Chichois, veïci cé qué foou faïre:
Dabor fourra miés fréquanta.
Ana coumença per quitta
La coumpanié de Domeniquo,
Dé Gatou, surtout de Musiquo,

Renouncieres oou cabaré,

Touti leï souars v'assiounaré

Per ana oou café de la Logeo.

Se lou garçoun vous interrogeo,

Diré ren... v'anare'asseta

Dins un cantoun, per escouta

Su leï matiero politiquo,

Su lou thiatre, su la musiquo,

Leï discours qué faran souven

D'hommés que parloun fouesso ben!

Et n'en proufitarés; divendre,

A sept hour'eici, si foou rendre,

Vous faraï presen d'un caïer,

Que croumperi adavans hier

Oou magasin de moussu Lippi.

Adin la touti leï principi

De la voucale, leï veiren

Ensemble et leïs estudieren.

Apprendré lou ton, la mesuro,

Leï treïs claous, lou pouint, la quaruro,

La gam'en ut, la gam'en sol,

Leï diez'emé leï bémol,

La négro, la blanco, la roundo,

L'accord dé tierço et de segoundo,

Pui per féni vouest'istrucien ,

Prendren la voucalisacien.

Vous prestaraï uno méthodo

Qué duou estré su la coumodo ;

Et quan seré , per meï counseou

En état de canta'un mouceou

Dé Mayerbeer vo de Rossini ,

V'adreissaraï à Chérubini.

Es pas souven dé bouen'imour ,

Maï enfin , choousiré lou jour.

De ma part lou fourra'ana veïre

Din soun buréou et poudè creïre ,

Qué vous prendra séguramen.

Un coou din l'establisimen ,

V'ané pa'amusa, en tarounado !

Cantaré touto la journado ,

Et déclamaré l'ooupéra .

Senso vous leïssa'emborbouina

Per leï fios. Soun fouesso fino ,

Manel'et souplos de l'esquino ,

An d'ueis coumo de serpantéous ,

Fan toujour veïre seï bouteous

En caminan... Dien per escuso ,

Que la dé fanguò ; es uno ruso

Per mettre leïs hommés dédin.

Ténè se couneïssé Booudin ;

Demanda li n'en de nouvello ?

Dounc, per qu'aqueleï dameïselo

Vous escarpignoun pas lou couar,

Fourra plus ren mangea de fouar,

Ges d'api, enca men de truffo....

Fé vo, pui se qu'oouqu'un si truffo,

Doou régimé que vaï prescrit,

Li diré qués ïou qué vaï dit.

Enfin prendré vouestrei mesuro...

Apprené la bell'escrituro

En espéran... vénè souven,

Appliqua vous... car l'an qué ven

A l'Ooupéra foou qué vous vigui.

(Après une longue pause en hochant la tête).

—Et pui voulè pas que vous digui

Que sia'un hommé doou tron de diou!

Sé mi téniou pas vous mordriou.

Coumo ! mi metté dins un libre

Que deï nervi mi rende libre,

Mi douna tout plen dé counseou,

Mi fè canta tout un mouceou

De l'ooupera de la *Vestalo*
Mi parla de la Capitalo,
De Rossini, de Mayerbeer,
Mi fè prèsen dé douï caïer,
Tout esca m'ave'ooufri de crousto,
Eme'uno patto dé lingousto,
Dé pélaou, d'arrin, dé vin cué,
M'avé dit qué dé jour, dé nué,
Eria sans cesso à moun servici,
Quan mume l'oourie préjudici,
M'avè proumés qué din dous ans,
Pourioou gagna vingt millo francs;
Et per qué ren vagué dé caïré,
Leïssa touti vouestreis affaïré,
Et mi douna enca de liçoun,
Ana sia'un'hoouesté garçoun!

CHICHOIS OOU COUNSERVATOIRO.

CHICHOIS

OOU COUNSERVATOIRO.

————o□o⧽⧼o□o————

————◦ ⊂ ⊃————

Chichois à G. Bénédit.

—

Resta treï més senso v'escriouré !
Adavanz'ier, vouliou plus viouré,
Quand troubéri'en intran lou souar,
Vouestro lettro su moun bougeoir.

Mi senteri fouesso coupable,
Mi trateri dé miserable,
Et despui, mi diou, que moougra
Tout moun respé, siou un ingra....
　　Un homme qué m'a rendu libré
En mi meten dedins un libré;
Qué ma douna tant dé counseous !
Que m'a fa canta dé mouceous
Deïs *Heganaous*, dé la *Vestalo*,
Qué ma manda à la capitalo,
M'a recoumanda'à Meyerbeer
Ma fa presen d'un beou cayer;
Qué l'an passa, m'ouffré de crousto
Emé uno pato de lingousto,
Et mi digué que din dous ans
Pourriou gagna vingt millo francs;
Un hommé, enfin, va récounouissi,
Que m'a rendu tant de servici !
En qu tant de coou aï proumés
D'escriouré oou men touti leï més,
Et qu'ooublidi ! Vè vous v'oousservi
Meritariou vingt coous de nervi,
Car aquoto es pas travaïa !....
Portant mi voou esparpaïa.

Et faïre trevo à ma coustumo,
En metten la man à la plumo.
Se vous escrivi pa'en francès
M'ané gès faïre de proucès,
Pensa qué sé voueli' un paou riré
En françés pouriou pas tout diré.
Es pa'ooumen qu'escrivi pu maou
Lou francès qué lou prouvençaou ;
Se per cas va voulia pas creïré,
Tout'aro vous pourraï fa veïre,
Douis miegeos dougenos de vers,
Qu'an pas troou lou biaï de travers
Maï touquen pa'enca leï matieros
Que duvun passa leï darrieros.

D'abord, avè de complimen
De cinquanto persouno'oou men.
Vouestreïs amis de la *Gazetto*
Mounte'escrivè, fan pa bouqueto
Souvent, per mi recoumanda,
De ben vouïé vous saluda.
Et pui tout lou counservatoiro !
Aqui si, qu'an boueno memoiro !
Dins tout l'oustaou, la vouestré noum
Escri su touti leï cantoun.

6

Leï proufessours de touto classo
De viouloun et de contro-basso
D'harmounié, dé coumpousitien,
De chant et dé declamatien,
Mi contoun souven leï fredenos,
Leï rusos, leï boueneïs ooubenos
Qué fasia naïssé'à tout moument,
Et coumo per enchantament....
Parlan dé vous emé Rubini,
Emé Aouber, emé Cherubini,
Qu'es un ben hoounesté moussu.
Vaï dit coumo m'avié reçu?
Et pourtant eri pa'à moun aïsé,
Lou promié jour intreri daïsé....
Coumo l'aperçuviou de lun
Mi sentiou veni lou tramblun,
En faço d'aqueou grand genio,
Se foou parla senso respè,
Oourié fougu qu'uno lentio
Per mi tapa ce qué sabè.
Maï ooublidi qu'ïer divendré
Oou moumen qu'anavi descendré
Per canta moun grand air en MI,
Vengue moussu Barthélémy,

Per mi préga de vous remettré
Uno lettro, que pourriou mettré
Din la miouno, quand v'escriouriou ;
L'aï ben proumés que va fariou,
Et via qu'aï tengu ma promesso.
La lettro mi sigué rémésso
Duberto ; alor mi siou pensa
Que la poudiou liégi.— Vaï fa.
Et ben qué mi siegué un paou rudo,
La veïci coumo l'aï reçudo :

Lettro à l'Oontour de Chichois (1).

L'a très vo quatre més à la fin de l'estiou,
Su toun promier *Chichois* sabes ce que disiou :
Es un travaï de mestré, uno obro de génio
Esento fin qu'aou bout de la mendro sénio.

---

(1) Ce morceau, qui peut être considéré comme le chef-d'œuvre de la poésie locale, est tout entier de l'illustre auteur de *Némésis.*

Sentés que sian pa'eïcito ooumen per galeja ;

Ti répétaraï doun ce que t'aï dit déja ,

Et ce qu'aï mémé escrit per ti rendre justici ,

Su tout un grand fuïé d'oou journaou de Fabrici

Toun *Chichois* a rendu doueï servici per un ,

Et Marsio ti duou ramarcia per cadun.

L'avié bessaï qué tu per mettre enfin la brido

Eïs gourins que ténien la villo esparoufido ;

Car despuei que l'as fa dansa lou rigooudoun ,

Lou *nervi* souarté plus, vo souarté d'escoundoun.

L'avié ni maï qué tu per soouva doou nooufragi

Leïs respectablo leïs de nouesté vieï lengagi ,

Toun libré es devengu nouesté codo , es foutu ,

Foou plus dorbi leïs dens , vo parla coumo tu.

Aqueou beou prouvençaou, plen de vido et de forço ,

Souto l'encien régimé oou tem de Roux de Corso ,

Aoujord'hui maou pasta per certens escrivans ,

Conmo'un aïé manqua s'esfouiravo en seïs mans ,

Avien bello'à veja l'ori de soun espragno ,

Toujour de maï en maï, si tournavo en cagagno ;

Venguérés per bounhur et ren si dégaïé ,

Ta plumo es lou trissoun qu'a remounta l'aïé !!!!

Vaqui cé qué disiou , vaqui cé qué pensavi

Quand parlavi dé tu , vo qué mi répassavi

Tout l'esprit, tout lou sen qué counten tout dé long
L'histoiro de Chichois, nervi dé moussu Long !
Crésiou pas qué dégun, mémé l'ooutour d'oou libré,
Pouguessé fabrica soun parié dé calibré,
Eh ben ! as pas tarda dé mi fa démenti,
Mi ratrati davan toun *Chichois counverti !*
Sé mi foulié jugea' entr' aqueleïs dous ouvragi
Sériou fouesso empédi per douna moun suffragi ;
Lou radier oou promier es égaou selon iou ,
D'aoutré décidaran deï dous qu'es lou miou.
Lou fet és qu'as mounta su la promiero plaço
D'aquéou famous coulé qué li dien lou Parnasso !
Vouïé ti débooussa , sérié d'un coou de poun
Sarqua de mettré en frun leïs barri de Toulon.
Toun triounfé es coumplet, toun darrié coou dé tanquo
A leïssa teïs rivaou émé la gaougno blanquo ,
Qué rénoun contro tu coumo de pouar maraou ,
Qué ti fa ? lou pieloun a pas poou doou mistraou !
Lou souluou crégné pas l'insurto deïs soouvagi !
Oou païré de Chichois Marsio rendé' hooumagi ,
Et sé l'ooutourita si réviavo' un paou ,
Sé la coumuno' avié de bouis municipaou ,
Voutarien oou counseou de mettré à la grand sallo ,
Toun estatuo en gi dé grandou coulousalo ,

Et cadun virarié leïs uis dé toun cousta
Coumo' oou grand escalié remarquoooun Libarta..
Sabi proun que lou siéclé es plen de rigoumigou,
Qué la den de l'envejo' a jamaï l'entérigou,
Qué leïs gasto mestié, leis poveto palos
Qué parloun provençaou coumo de moussulos,
Crénioun contro tu, dien qué toun persounagi
A dé mots qué soun pas d'un ounesté lengagi,
Qué touto frumo et fio, à men d'estré un dragoun,
Sé ti liégé, deven rougeo coumo' un pébroun,
Qu'as pas crento et que mémé' as l'air de fa parado
Dé ti garça deïs réglo en tout tem oousservado;
Qué per faïré toun vers, trobés ren de doutous,
Qué su leïs iatus siés gaïré escrapulous,
Et qué teïs plurié, gasta per ta massimo,
Emé teïs singulié s'aparien à la rimo.
Vaqui, moun paouré enfant, un deï millo prépaou
Qué ténoun countro tu per troubla toun repaou
Leïs poveto souven prenoun d'estoumagado
As troou de sen per faïré aquello talounado;
Souven-ti qué lou moundé' es pupla de rampeou,
De gens que troubarien d'espino dins un leou.
Sérian ben malurous sé n'en prénian de lagno.
As ben vis en mountan la carrièro d'Ooubagno,

Uno facho de vieï quiado su la fouen ;

Aqueou vieï es Hooumero , un ooutour et deïs bouen ,

Talamen qué dégun li ven à la cavio ;

Leïs Grégou qué despuei bastisseroun Marsio ,

L'oourien per soun génio , hissa su d'un oouta ,

Eh ben ! qué ta pas dit que per leïs countresta ,

Un roumpu doou pays , que li disien Zoïlo ,

Gitavo contro d'eou l'escupigno et la bilo !

Es lou sort doou talent , foou prendre sooun parti ,

Moun bouen ! foou sudura ce qu'Hooumero a pati.

D'aïur , oou bout doou conté , an bello à dire et faïre ,

Sies sousta doou publi , que si soucito gaïré ,

Sé fas diré à Chichois qu'aoouqué mot de travers ,

Vo se qu'aouque iatus si mesclo din teï vers ,

Vo sé teïs singulier , en brusquan la counsino ,

Rescountroun de plurié oou beou bou de la lino.

Qué serquo lou publi ? Serquo à passa lou tem ,

Maï qué rigué en passant , qué s'amusé'es couten ,

Démando émé résoun , à la littératuro

Dé portrès , dé tabléous pinta d'après naturo ;

Tout aco va'ooutengu dins teïs vers prouvençaou ,

Et bartounegeo pas per diré à teïs rivaous :

Messies leis escrivans tant dalicats d'oourio ,

Qué fes puaï de Chichois et dé sa pouésio !

Dé tout ce qu'emprima fés un paou troou de ven,

Vouesté lengagi es beou, maï li coumpreni ren,

Vouesteï vers marsiés sentoun la ginouflado,

L'oouroro, leï noou surs.... un tas dé couyounado

Que repépias de longuo et qu'an pas gés de naz.

Eh ! mette'en francio vouesteï vers doucinas ;

Quan parla prouvençaou mi fés suza leïs dati,

Teïsa vous, teïsa vous, sias que de pinto pati.

Maï cé qué teï jaloux doou men countestoun pas

Es qué, bouens vo marris, teïs libré soun croumpas

Moougra qué siégui lun, t'aramarqui d'eicito :

Ti chalés, scélérat, en visen ta russito !

Car ; si parlo déjà de trésièmo éditien ;

Dien que davan Camoin es uno proucessien,

Qué la classo bourjoiso et la foulo artisano :

Tout voou Chichois, tout paguo...et qu'agantés la grano.

La grano es un oouﾠjé qu'a sooun prés ooujourd'hui ;

Maï l'oounour es cent fés pus précious à teis ui,

D'accord, et doublament cresi qu'as fa ta ballo.

Mi figuri lou jour qu'a la plaço Rouyalo,

Chichois, niméro dous, si vigué placarda ;

Si fagué fouesso bru, va foou pas demanda.

Jugariou qu'aqueou jour, ooublidant leis affairé,

Tout Casati vengué caligna toun libraïré,

Qué toun noum, dé Marsio , a cent fés fa lou tour ,
Qué mémé oou cous Bouffé, qué mémé oou bouen Pastour ,
Tout counouissé Chichois , à men deï besti brutos.
Duou s'en estré parla jusqu'oou quartier deï mutos !
Oh , que mi voueli maou d'estré pa lou témouin ,
Dé toun libré enleva per mouloun de Camouin !
Qué sigueri taloun , quan per la capitalo ,
Fagueri meis adious à la villo natalo ,
A moun paoure chambroun , mounté chasqué matin ,
En charan touteï dous , garissiés moun morbin !
Dooumen pensés à iou , m'en as douna la provo.
La sémano passado , eri din moun arcovo ,
Mi sentiou tou lou corps giéra coum'un bancaou ,
La testo mi pétavo , aviou pré frés et caou.
Sugu qu'oouriou pa ri mumé émé de coutiguo ;
Ti fasiou de badaous à m'estrassa leï briguo ;
Quan ma vieio chambriero , espeço de Fanchoun ,
Entré meïs douis rideous ven de garapachoun ,
Mi remetté un paquet !... Es Chichois ! ô qué festo !
Lou liégi , lou reliégi , aï pus de maou de testo ,
Pus gé de fébrè , aï prés une facho de reï ,
Et saouti de moun lié frés et gaï coumo un peï.
Diguas puei qu'un poveto es ren qu'un sooutembarquo ;
Senso teïs vers fariou pas liguetto à la parquo.

Gramaci ! maï , moun bravé, es pas tout, as proumés

(Et tendras ta paraoulo , espéri , din lou més);

As proumés que Chichois, atour toujou pu drolé,

Vendrié nous régala dins un trésième rolé ;

Coumo, sies pas counten ! as fa sa counversien,

Et voués d'aquéou gusas faïre un gran musicien !

L'entrepresso es ben fouarto ; aï per tu la pétoucho ;

Sé n'en vénés à bout fas maï que mesté Moucho.

Conti su tu , pas men, et coumo sieou curiou ,

De veïre oou darié pouint leïs prougrés dé toun fiou,

De juja sé despui qué s'enmasquo en artisto ,

A pus l'air ni lou jés deïs Booudin et deïs Tisto ;

Tout beou jus , lou veiraï senso quitta moun traou ,

Senso ana din Marsio affrounta lou mistraou,

Et per estré témoin de sa pus bello gloiro,

Li douni rendé-vous dins lou Counservatoiro.

BARTHÉLEMY.

Oou Counservatoiro, li siou

Despui la fin d'aquest' estiou,

Va sabès, va vous escriveri.

Crési mumé qué vous dounéri

Quoouqueï pichouis rensinamen
Touquant nouest' establissamen.
Leï proufessours soun fouesso aïmablé,
Leï couléguo' assez agréablé;
Per leïs frumos, foou coupa cour,
Et diré qu'aco es pui la flour!
M'avia dit qu'eroun fouesso fino,
Manélo et souplo de l'esquino;
Crési qué vous sia pas troumpa.
Diou crési, car va sabi pa....
Bessaï... pus tard... sériè poussiblé...
Diou pas noun.... car sieou pa'insensiblé
Quand viou uno bello santa !....
Et l'Escolo, d'aqueou cousta,
Fournissé quoouqueï troués de fio
Qu'incendiarien tout Marsio....
Quant oou régimé dé l'oustoou,
Soourés qué sian ni ben ni maou,
Soulamen si levan troou d'houro.
Nous révioun, dévina couro?
Avant jour touti leï matin.
S'entendia lou charavarin
Qué nous fan émé la campano !
La déqué vous dorbi lou crano.....

Alor si levan, descenden

Et travaïan doues houro' oou men.

Fielan dé souen, mountan de gammo,

Fen dé pouints d'orgué' a rendré l'amo !

Sus d'un piano tout desmounta

Que diria qué l'an esquinta,

Darrieramen leï sieïs ooutavos

Eroun tant remplido d'entravos

Avien tant besoun doou fatour

Qu'escriveri oou diretour :

« Monsieur le Directeur, le piano de ma classe est
poussif; chaque jour une corde qui casse vient aggraver
l'état d'un clavier tout perclus, dont les ressorts blasés
ne fonctionne plus. La note qui devrait résonner sous la
touche est très-souvent muette, et l'ivoire n'accouche
que de sons cathareux, sourds, discords, éreintés, devant qui les chanteurs fuyent épouvantés. Le bruit même,
le bruit ! et les effets rapides ne dissimulent plus les
lacunes perfides qui naissent sous nos doigts. Or,
l'accompagnement pourrrait-il ne pas choir en cet
événement ? Exemple : l'autre jour avec ses notes claires,
Valentin travaillait un air des *Mousquetaires*; lorsque
dans un moment où la voix au repos attend un *si bémol*
pour partir à propos, notre pianiste eut beau s'escrimer,
se morfondre, ce gueux de *si bémol* ne voulut pas répondre, et privé tout-à-coup de l'appui de ce son, le
tenor fut contraint d'arrêter sa leçon. Il est temps d'obvier

à cet état de chose. Les chanteurs ont promis de rester bouche close, et l'accompagnateur les mains dans son pourpoint, éloigné du clavier, tant qu'il n'ouïront point l'harmonieux écho de notre vaste salle vibrer et tressaillir à la voix triomphale du piano réparé par les soins du facteur. Je suis en attendant votre humble serviteur. »

Lou travaï suspendu miech'houro
Descenden per pita l'amouro
Pui après avé déjuna,
Coumençan maï jusqu'oou dina.
Et quntou dina ! va foou veïré
Dé seïs propreïs ueis, per va creïré !
La cinq cent millo gusarié,
Van déleougea la pescarié
Toueï leï jour, et noun fan pas faouto
Dè ventré, dé testo, dé gaouto,
Dé troués dé marlusso qu'an més
A rémia despui siei mes.
D'oureou qué sentoun la bécasso,
Qué diria qu'an prés à la casso,
Et puis dé manché dé béqué,
Vo ben qu'oouqué marri souqué.
Lou dimingé' aven dé galino
Qu'an débana dé la peitrino,

Dé gaous mouar dé pérémounié
Su la barro d'un galinié ;
(Diga, saï résoun, vou n'en prégui,
Vous qué va sabés ?) Dé pessègui
Que sé vous n'en foutien un coou
Vous garçarien la testo' oou soou ;
Dé salado dé bortoulaïgo,
Dé supi frégido' émé d'aïgo,
Qué duvoun avé, émé résoun,
Ni gous, ni saousso, ni saboun ;
D'espinar oou seou dé candèlo,
Couyna émé dé bouts dé ficèlo,
De cataplamus per fassun,
Dé linguo qué sentoun oou fun,
Dé fugi séc coumo d'estoupo ;
Enca vous diou ren de la soupo
Quès uno' espèço dé lagas.
Per nen féni, nouestré gusas
Dé fricoutur, courouno l'obro ;
Sé foou creïré' un pichoun manobro
Qué l'a dessouta' eïer matin,
En metten d'aïgo din lou vin...
Es aco cé qué nous désouelo.
D'aoutro part, cé qué nous counsouelo,

Es qu'après avé maou mangea.

S'anan un paou espassegea.

Dé dous en dous, dé quatré en quatré,

S'encaminan per ana' oou thiatré.

V'hui anaren veiré *Robert*,

Déman un ooupéra d'Aouber,

Eï quatrièmos din nouestro logeo.

Quoiqué' en poou haou, dégun dérogeo,

Sé n'en foou jugea per leï noum

Qué poudè légi din lou foun.

Leï professours leis pus utilés,

Leï cantaïré leïs pus habilés,

Touti an passa paou à paou,

Despui vingt ans per aqueou traou.

Lou dijoou, vo ben lou dissato,

Fourrié n'avé ni pè ni pato

Per manqua-lou thiatré'Italien...

Aquel endré voou un milien !

Tamben n'en préni la coustumo

Figura-vous qué la douis frumo

Qué cantoun doux coumo dé meou,

L'a uno basso coumo un borneou,

Uno tayo qués uno lamo !

Sé l'entendia faïré leï gamo ;

Pa, pa, pa, pa, pa, pa, pa, pan...
L'a dé qué toumba su lou ban,
Et si li poou ren diré contro.
Maï lou pu fouar, es l'haouto contro?
Vo lou ténor... Aqueou surtout,
Per exemplé, va roumpé tout,
Senso qu'aguè besoun d'ajudo.
Qunto carrèlo ben vouignudo !
Diria qué pren jamaï l'alen.
A la vouas, lou gous, lou talen,
Ah ! feou qué li rendi justici,
Canto coumo'un fué d'artifici...
Aven pui quatré coou per més
Nouestro plaço oou thiatré Francès,
Per estudia la coumédio ;
Lou dramé émé la tragédio.
Li vaou assez souven. Dilun,
Cependant, eri fouesso lun
De pensa qu'anariou oou thiatré.
Véniou dé canta coumo quatré,
Eri las, et mi fasiou fouar
Dé mi coucha d'houro lou souar,
Quand viguéri din la carrièro,
Prochi d'oou passagi Bergièro,

Afficha su lou courradou :

ANGELO , TYRAN DE PADOU !

Despui maï dé trés més , sans cesso ,

Oousiou parla d'aquélo peço

Qu'avié fouesso réputatien.

Proufitéri de l'ooucasien ,

M'alisqueri dei pè à la testo

Coumo s'anavi à n'uno festo ,

M'aguessias vis aviou bouen air ,

Mangeri un mouceou en l'air.

Prengueri l'oounibus qu'ero din la carriero ,

Eln arribant croumperi un biet de premiero

Dins un fooutuei oou secound ban ,

Elt mounteri jouious et fier coumo Artaban.

CHICHOIS

OOU THIATRE FRANÇAIS.

CHICHOIS

OOU THIATRE FRANÇAIS.

———∘o⦂⧉⦂co———

———◆———

Chichois à G. Bénédit.

—

I.

En intran eï Francès trouberi sallo pleno
Leïs atour eroun déjà en scèno.
Quoiqu'aco mi placéri leou
Per entendré lou grand mouceou.

Qu'à péno' alor acoumençavo.
L'avié' un' atriço qué parlavó!...
Bagasso! n'avié sept et cin....
Jamaï dégun a parla ensin.
Parfétamen ben assiounado,
Ero vivo, aimablo, assurado,
Un vieï tyran n'èro jalous ;
Et tout en creignen seïs espous,
Li demandavo fouesso cavo....
D'abord s'èro ben eou qu'aïmavo ?
Püi en qu véniè dé parla ?
L'atriço senso s'encala
Li repliquavo : vous assuri ,
Qué parli pas de vous, va juri.
Preniou quoôuquei rensinamen.
Veïci su qué : tant soulamen
Moun histoiro' es un paou encieno.,

II.

Siou qu'uno paouro coumédieno,
Vengudo eïci per v'amusa.
Un jugué, qué pourré' escrasa
Senso raisoun , senso justici
Deman selon vouestré caprici.

Maï talo qué siou mounsinour ,
Esten jouino, aï agu l'amour
D'uno méro qu'èro ben bravo.
S'aguessias vis coumo m'aïmavo ,
La santo frumo doou bouen Diou !
Oourie douna soun sang per iou.
L'hiver dins seï mans mi cooufavo.
La nué dins soun lié mi tapavo ,
Si reviavo à tout moumen
En sursaou, per teni d'amen
S'aviou lou souen doux et tranquilé.
Crési qué sérié difficilé
De rescountra ren de miou.
Vous que sia desgousta de tou ,
Se sabias cé qu'és uno méro !....
Aquito la ni sur , ni frero ,
Que la pousquoun faïre ooublida ,
Quan lou ciel vous la ven leva....
Es un bouenhur senso mélangi,
De pensa qu'émé vous l'a' un angi ,
Que camino quan camina ,
Que s'arresto quan v'arresta ,
Que ben rejouinudo et ben caoudo ,
Vous pren , vous bresso su sa faoudo ,

Vous canto per vous endormi,
Vous di moun sang, moun bouen, mami,
Qué vous ri quand avé dé lagno,
En vous tintouregeant. Qu'espragno
Su' tout, per vous accountenta,
Quan per fés véné'a souhaita
Quoouqu'amusamen. Que vous douno
Soun lat, d'abord, quan sia pichouno,
Quand sia pu grando touti leï jour
Soun pain, et sa vido toujour!!....
Que vous parlo senso coulero,
Que vous di moun enfan, et que li dia ma méro.
Eme'un air tant doux tant catiou
Qué réjouissé lou bouen Diou,
Et vous douno dex ans de vido!!....
Et ben, créaturo accoumplido,
La méro qu'aviou er'ensin.
Sus cent, n'en troubaria pas cin,
Qu'aïmaissoun ooutant ben sa fio.
Iou souleto eri sa famio;
Tamben si privavo de tout
Per iou. La suiviou de partout
A l'égliso, eï quey, per carriero.
Passavi leï soirado'entiero

Hiver, estiou à soun cousta,
Car ma mèro' anavo canta,
De cansoun lou souar su la plaço,
Quand intravian ero ben lasso
La paouro frumo, et ben souven
Moun diou, gagnavo quasi ren....
Mai l'éro'égaou, si counsoulavo
D'estré émé'iou. Mi regardavo,
Et pui mi regardavo maï,
Et pui mi disié, qué jamaï,
Tout l'or, tout l'argent de la terro,
Remplaçarien per uno méro,
Lou bouénhur de veïré un moumen
L'enfant en qu voou tant de ben !!...

Un souar qué ma mèro cantavo,
Et qué lou poplé l'escoutavo,
Digué uno certaino cansoun
Que fagué riré. La raisoun ?
L'avié bessaï quoouquo soutiso,
Su la sinourié de Veniso ;
Ma mèro li comprenié ren....
Lou fait es, qué sus lou moumen
Passé'un hommé de la pouliço,
Mi semblo l'entendré — Anen, isso

Leva-vous, leissa-mi passa....
Un coou qué si fougué'avança
Prochi de iou et de ma mèro,
Jité'un coou d'uei plen de coulero
Su d'ello ; et la moustran doou dé
Eï gens soumés à soun poudé :
« A LA POUTENCI' AQUÈLO FRUMO ! »
Eïci va sabé' es la coustumo
Que quand vous prénoum sia perdu ;
Et ma mèro qu'avié'entendu
Ce que li disien, la paouro'armo !
M'embrassé'emé uno grosso larmo,
Qu'en toumbant mi brulé lou front.
Résignado' en aquel affront,
Mi fagué signé de la suivré,
Prengué soun crucufi de cuivré,
Et digué : quand sia malhurous
Foou tout mettré eï pé de la crous !!!!

    Iou din aqueou tem, quand li songi,
Mi semblavo estré dins un songi !,...
Crésiou qu'ero pas per de bouen
Qu'agicien ensin, et moun souen,
Duravo toujour.... Estounado
De veïré ma mèro tratado

Senso respè, ni senso esgard,
Eri' enterdicho.... maï pu tard,
Quand viguéri qué l'estacavoun,
Et que senso iou la menavoun,
Oh ! alors sé m'aguessias vis,
Eri fouélo .. . feri de cris
Affrous.... Davant iou émé ragi,
Subran, mi dorberi' un passagi,
En revessant deï dous cousta
Tout cé qué mi voulié' arresta....
Ni lou poplé ni leis gendarmos,
Ni la pouliço émé seis armos,
Degun mi semblavo proun fouar ;
Car mi sentiou oou foun doou couar,
Uno noblo et santo coulero !...
Per arriba jusqu'à ma mèro ,
Mounsinour , redoutavi ren,
Et cresi qu'oouriou mes en fren,
Din seï dimensiens couloussalo,
Leïs pouartos dé la cathédralo,
Sé mi l'avien sara dedin !. ..
Résistéri tant qu'à la fin,
Prochi dé ma mèro arribéri....
Tout en plour alor mi jitteri

A soun couélé, per l'embrassa,
Mi vougueroun proun repoussa
Maï ni seï gès, ni seï ménaço,
Mi féroun bouléga de plaço.
Tout lou sénat serié vengu,
Qu'oourié jamaï ren ooutengu.
L'aoubré viou pa senso l'escorço!!...
    Coumo via, l'avié qué la fórço,
Que pousquessé'agi contro'iou.
Et l'empluguéroun. Oh! moun Diou
Me nen souven coumo s'ero'aro,
En li pensan tremoueri' encaro,
Se siou pas mouarto de l'esfrai
Aqueou jour, oh! moueri jamaï....
Dous hommé su iou si jiteroun
En memé tem et m'arraperoun
Senso pudou, senso pieta,
Dé pertout, per mi fa quitta
Ma mèro.... coumo résistavi
Tant qué poudiou, et qué creïdavi,
Alors mi pousseroun oou soou,
Et mi douneroun tant dé coou,
Qué sentiou meï forços perdudo!
Esglariado.., creidavi : Ajudo,

A moun secous!.... A l'assassin !...
Mi laïssé pas maoutrata' ensin....
Graci per uno paouro fio!...
Sa mèro es touto sa famio....
Aï doun tengu qu'aouque prépaou
Sus quoouqu'un ?... Vaï ti fà de maou?
Parla ?... Diga mi ? vous escouti...
Maï avé gès de mèro, touti
Tant que sias, qué m'arregarda
Senso vouïu' un paou ajuda
La paouré' enfant qué vous n'en préguo,
S'ero v'aoutri fariou cent leguo,
Per vous veni porta secous...
Vous déssepara quand sia dous !
Alors qu'avé ni sur ni frero !
Oh ! ma méro ! ma boueno mèro !!
Parla, diga li quoouquaren...
Vouestro fio trovo plus ren,
Per aqueleï couar insensiblé...
Oh ! nani nani...! es pas poussiblé...
Boueno Santo Viergi, moun Diou,
Sinour, agué pieta de iou...
Vous toucaraï n'en sicou séguro...
Maï es lou cris de la naturo

Que parlo' en iou... et pa' un ami...!
L'anaraï pas... nani... tua-mi...
Entendien plus ren, mi coouquavoun
Souto leï pèds... mi tirassavoun
Per leïs chuvus... à chasqué pas
Mi despouduravoun leï bras...
Touto' en lambeou, martirisado
De couos, et leï forço' espuisado
Paou à paou, mi sentiou peri.,
Et crési qu'anavi mouri,
Quand lou bouen Diou fagué'un miraclé !
Per fini lou triste espetaclé,
Qué vous conti' eïci, mounsinour,
Lou ciel, mi mandé' un senatour,
D'uno deï pus noblo famio.
Ero' accoumpagna d'uno fio
Qu'ero poulido coumo' un soou,
Mi vigué, mi cuïé d'oou soou,
Et pui anè parla' à soun pèro
En favour de ma paouro mèro,
D'uno vouas tant douço' en plourant,
A seï ginoux en suppligant ;
Qué ma mèro' ooutengué sa graci !...
Après la terriblo disgraci

Qu'avie sudura, pensa ben,

Que sigué soun countentamen ?

En vian dins un moment de festo,

Lou souluou après la tempesto.

Quan siguerian en liberta,

Toui doues vouguerian s'aquita

Envers nouest' angi d'innoucenço,

Et dins nouestro recounouissenço

S'enclinerian émé respè,

Li beïserian leï mans, leï pè,

Li diguérian qu'éro ben bravo,

Et pui après tout plen de cavo

Fouesso poulidos, mounsinour.

Anfin, per counsacra' aqueou jour,

Ma mèro alor pléno dè voyo

Touto rayounanto de joyo

S'avancé de la bello' enfan,

Li metté soun Christ dins leï man

En li disen : madameïselo,

Vous qué sia' ooutant boueno que bello

Diou vous preservé dé malhur,

Aco vous portara bouenhur...

— Vaqui. — Despui' aquel' aventuro

Ma mèro, santo creaturo,

Es mouarto... et d'un aoutré cousta,
Mounsinour, aï plus rescountra
L'enfant què la soouva la vido.
Qu soou, foou que siegué partido
Per ana' en pays estrangié...
Courré bessaï quoouqué dangié...
Vo ben enca, sacrifiado,
Es tout à fait maou maridado
Et per counséquant malhuroué
Et iou, aro que siou huroué,
Désirariou de l'estre' utilo ;
Tamben quand voou dins uno villo
Cerqui toujour em'attencien,
Pertout preni d'informacien.
Interrogi, per fès escouti,
Pui conti moun histoiro' en touti,
En demandant s'oourien pas vis
Dins leï mans de quoouqu'un, lou Chris
Qu'aoutreï fès ma mèro portavo,
Per lou counouissé l'a' uno cavo
Que poou pas troumpa, car moun noum
Es escri dessus. Ensin doun,
Sé, un jour m'aduen ce que souhéti
De tout moun couar, et qué regreti,

Alors siegué qu siegué eh, ben,

Ooura la mita dé moun ben.

Quant à l'enfant, qu'émé soun péro

A soouvà la vido'à ma mèro ;

Per elo faraï ren de troou,

Moun Diou, en li dounan ma vido sé la voou ! (1)

III.

Que vous diraï , dedins la sallo,

Doou paradis jusqu'eïs estallo,

L'avié maï d'un jouiné cadéou

Qué plouravo coumo'un védeou.

Leï frumos leï mies assiounados ,

Eroun touti estoumagados.

Iou mumé , en va dian, sieou confus.

Eri gounflé coumo'un pérus.

---

(1) Le public n'a pas oublié sans doute la polémique chaleureuse qui s'est élevée naguère sur la langue provençale, au sujet de CHICHOIS. Dans ce brillant tournois littéraire, où les champions firent preuve de tant d'érudition et de courtoisie, l'un d'eux, M. Louis Méry, soutenait avec raison que le provençal pouvait, indépendamment des scènes d'observation comiques, rendre les sentiments les plus nobles et les plus élevés. Par malheur, M. Louis Méry se trouvait dans l'impossibilité de citer aucun exemple à l'appui de son opinion, à cause du dédain absolu que les poëtes provençaux avaient manifesté jusqu'ici pour le genre pathétique.

C'est probablement pour remplir cette lacune et justifier les paroles de M. Louis Méry, que CHICHOIS s'est plu à raconter si longuement l'aventure de Thisbé, qu'il nous prie d'offrir en son nom à l'auteur des CHRONIQUES DE PROVENCE.

Maï tamben foou diré uno cavo ·
La coumédièno qué jugavo
Va pussugavo fouesso ben !
Eh ! tenè , se ve n'en souven ,
Foou que l'agué visto à Marsio.
Vengué' em' uno pichouno fio ,
Poulido et rousso coumo l'or
Que poudié' ave tregé an alor.
Maï parla mi de la suivanto ,
Aco , vouei , qué fio puissanto !
Qunto carruro ! quntéï pè ! !
Aqui l'avié ren de suspè.
Liscado , couroué , fresqu' et blanquo ,
Avié dé bras coumo dé tanquo ,
De bouteous coumo de barriou
Quatre mentouns digné d'un priou.
D'uei à faïré vira la testo
Eïs pus assoueras. Per lou resto
Crèsi que rendié su d'acot ,
De pouin à Nanetto Nicot.
Vaqui ce qué mi trementavo !
Touti leï matins quand passavo.
Per ana' à la repetitien ,
Mi dounavo de tentatien....

Ero'une superbo chrestiano !
Porlavo uno raoubo d'endiano
Fouesso échancrado. Un jour Tisté ,
Li voulié mouardré lou couté.
N'avié gès vis d'aquel' espeço.

IV.

Maï parlen un paou de la peço.
Lou vieï tyran qu'avié escouta
Tout ce que l'avié débita
Sa maistresso , sigué pa' en resto
N'agué leou trento touteï lesto ;
Car eou soulé blagué pré dous.
S'avancé d'un air souloumbrous
Vers la coumedieno' en sileuço ,
Et li fé' aquesto counfidenço :
— « Eïci mi prenè per quoouqun ?
Eh ! ben , siou qu'un *taroun*. Cadun
Mi fa passa la vido duro ,
Et faou une triste figuro.
M'arémarquoun coumo un fada.
Assagi proun de coumanda ,
Maï n'a d'aoutré que mi coumandoun.
Tout lou fran diou doou jour mi mandoun

D'espiens, per mi teni d'amen ;
Es ce qué fa qu'a tout moumen
Foou qu'emplugui fouesso mysteri
Per couyonna' aqueleïs arleri ,
Car soun de bougré qu'an lou fiou ,
Et soun fouesso pus fin qué iou.

Tenè , bessaï qué nous escoutoun
Et n'en vian pas v'un , car si boutoun
Dé pretout per mies fa soun jué.

Souar et matin , lou jour , la nué,
Din leï caïssos , din leïs armari ,
Din leis traous , vo souven un garri
Passarié pas , troboun mouyen
De si li fooufila ; tamben ,
La nué sarri pas la parpelo ;
Coumo bouffi su ma candelo ,
Tout aqueleïs faribustié
Souartoun dé dessouto moun lié.

Espinchoun doou traou deï sarraïo,
Si proumenoun din leï muraïo,
Passoun, répassoun d'escoundoun,
Mi fan veni sept coou *taroun.*
Eïer per ven douna la provo,
Estrapiavoun su moun arcovo.

En m'adreïssan, remarqui' en l'air...
Oou planchié l'avié un uei duber
Qu'en mi vésen si fout' à riré !!
Sus lou moumen, es pa per diré,
Eïço d'eïci mi troublé' un paou...
Vouliou revia tout l'oustaou,
Per mi veni douna d'ajudo
Contr' aquel' uei, maï l'habitudo
D'estré soulé touto la nué
Din ma chambro, mi tengue lué
De coumpanié. Moougra ma fouiro,
Preni la destarinadouiro
Qu'avien laïssado à n'un cantoun,
Et m'en vaou de garapachoun...
Per malhur, coumo m'avançavi,
Ben d'aïsé et que mi preparavi
Per garça' un coou en d'aquel uei...
Avié déja passa per ui....
Satisfa d'aquelo ruissito,
Voou per mi recoucha dessuito,
Coumo quittavi meï patin,
A plaço d'un uei n'agué ving
Qué mi venguéroun fa la mino....
En haou, en bas, darrié l'esquino,

Su la chemineïo' , oou planchié ,
Din leï cendrés , souto lou lié ,
Vésia qu'ueis qué s'escarquiavoun ,
Qué si dorbien , qué si sarravoun...
N'avié dé touti leï façouns ,
Dé long , dé pounchu , dé rédouns ,
Dé chocolat, dé blu dé Prusso ,
Dé blancs, dé gris, dé roux, dé puço ;
Dé jaouné, d'amadou rima ,
Dé vert , dé grapaou enroouma ,
L'avié dé qué perdré la testo.
Maï qu'és aco prochi doou resto :
Aousi riré darrié dé iou ,
Mi viri... ren. Oh ! tron dé diou !
Eh , qu'és eiço ! Dégun bouffavo.
Moun estounamen coumentavo...
Eri susprès trento coou maï
Qué s'aguéssi vis voula' un aï !.,.
Per bounhur , à la fin sachéri
Dé qu'èro quéstien , quand couséri
Uno bando dé matagots
Qué fasien cent mille estrambots !
Rounsavoun touti leï cadièro ,
Prisavoun din ma tabatièro ,

Mi garcéroun lou lumé' oóu soou,
L'amoucéroun , et pui qu soou ,
Entré' éli , cé qué si faguéroun !!...
Per iou , sabi qué m'arrapéroun
Per lou moustachou , per lou nas ,
Mi gassaïavoun leï douis bras ,
Mi pussugavoun leïs cavios ,
Mi bouffavoun din leï oourios ,
Mi coutigavoun leï arteous ,
Mi grafinavoun leï bouteous ,
Impoussiblé dé resta' en plaço ;
Sooutavi coumo' uno rascasso,
Lampavi coumo' un chivaou frus !
Aviou pas caou , eri tout nus...
Maï eli risien dé pus bello...
M'estaquéroun uno ficello
Sabi plus mounté , qu'en tirant
Mi fasié camina en avant ,
Oou souen dé certéno musiquo
Qu'éro un tant si paou fantastiquo...
Li duvié' avé fouesso peïroous ;
Gros et pichouns , dé viéi , dé noous ,
Dé licho-froïto , dé carrèlos ,
Trento pareou dé cabussèlos ;

Vous figura' aqueou chamatan ?

L'avié dé palos , dé sartan ,

Dé cassérolos . dé mouchétos ,

Quaranto liasso dé forchétos ,

Et maï dé cent cinquanto biou

Qu'avien dé vouas doou tron dé Diou !

L'agué un moument qué si poòuvéroun ;

Touti leïs instrumen cesséroun

En mémé tem ; crésiou anfin

Qué vénian d'arriba' à la fin

Et mi sentiou déjà' à moun aïsé ,

Quan uno vouas mi digué daïsé :

« Diou ti gardé dé vertigos ,

Van réçubré douis Matagos ! »

Alors mi gratéroun l'esquino ,

Mi pousséroun per la peitrino ,

Et toumbéri à n'un mouloun

Emé lou cuou su leï maloun.

Biiiiiien. Qué faïré ? ren. Espéravi

Asséta'oou soou. Coumo'escoutavi,

La cérémounié coumencé ,

Et veïci cé qué si passé :

. . . .

. . . .

V.

1er MATAGOT.

Olla maïa goïa Walesky !

Papa , Baralla vié Garock .

Parapha , Kimel , Achestky ,

Sacris , Titti , Fellha , Barock !

Chœurs de Matagots.

(D'après ce qui nous est revenu par tradition , le roulement suivant doit être pris en voix de tête sur un diapason très-aigu.)

RRRRRRRRRRRRRR

2me MATAGOT.

Tavaï , ouy , michir Arlery ,

Gobeja , gobé , thipocras ,

Bragadin , galla cristeri ,

Angelari , napadenas.

Chœur de Matagots.

RRRRRRRRRRRRRR

3me MATAGOT.

Cohenos , negros et Sansos ,

Amabilibus tavanar ,

Allos clubos , paradisos

Mangear , dormir , fumar , dansar.

Chœur de Matagots.

RRRRRRRRRRRRRR

4me MATAGOT.

VeniR de luenCH , per faR l'aiLLHeT
De dreCH , lou mangeaR quand es faCH
Et catacan , quand sias souleT
AnaR mesclaR aiLLHeT et laCH.

Chœur de Matagots.

RRRRRRRRRRRRRR

5me MATAGOT.

Chikchois otor bene cantar ,
Concertum philarmonica !....
— Falir tout il mondo mangiar
— Io non vedir necessita.

Chœur de Matogots.

RRRRRRRRRRRRRR

6me MATAGOT.

Bodhet princeps Nigodinos ,
Silencium non osservar ,
Impossibile di contar
Seis esperados su lalthos.

Chœur de Matagots.

RRRRRRRRRRRRRR

(Cris, éternuments, éclats de rire prolongés).

VI.

Aprè' aquello sabarquinado,
Mi touquéroun uno' aoutr' ooubado,
En si méten touteï en roun
Per mi canta' aquesto cansoun :

1er COUPLET.

Kaniké, gogod chingagou
Al barryk brick brick mi souri
Felik massou belli bou,
Alli menou kakari.

REFRAIN

Kaniké, gogod chingagou.
Al Barick, brick brick misouri.

2me COUPLET.

Galligari, couscoussou,
Alla goba sallari.
Colpofredo di visir,
Di denari non tenir !

REFRAIN

Kanike gogod chingagou
Al Barick, brick brick misouri.

3ᵐᵉ COUPLET.

Estrasati crick et crock,
Paravichi d'estandar,
Tou venir coyllonegiar !....
Al faruck ti brick ti brock...

REFRAIN.

Kaniké, gogod chingagou.
Al barick, brick brick missouri.

Oou mitan dé la sarabando,
Touto' aquélo mooudicho bando.
Fasié leï cent-dèxo-noou coou.
Après m'avé cuyi doou soou,
Gambegeroun coumo dé fouelé.
Risien, mi sooutavonn oou couelé,
Mi foutéroun lou dé din l'uei
En m'assétan su d'un fooutuei
Qué vénien dé mettré' en dourio..
Après m'avé brama eïs oourio :

Angelo Tyran dé Padouuuuu ,
Aganteroun lou pissadou ,
Et pui , per accoumpli la festo ,
Mi lou garcéroun su la testo.

  Eh ben ! vaqui mounté n'en siou ?
L'aoutré jour quand va vous disiou
Et qué mi vouguéria pas creiré ?
Sé d'ooumen va poudia' un paou veiré!
Crésè mi , l'a dé qué trambla !
— Vouei , maï ave bell' à sibla ,
Coumo dien , quand l'aï vocu pas bouaro ,
Ello , embétado de l'histoiro
Dé Véniso , dé Moussu Hugo ,
Leï révénans , leï matago ,
Tout eïço l'avié foutu' un caïré.
Esperavo soun calignaïré
Que l'avié proumé de veni
Dré que lou viei serié parti.....
Tamben quand aquéou brescambio ,
Quavié puleou l'air d'uno fio
Que d'un homme , agué pareïssu ,
La couquino l'ané dessu ,
Lou regardé deï pé' à la testo ,
En li fasen cent millo festo.

Lou déluougé de soun capeou,

En li disen : « Moun bouen, moun beou,

Ma caro d'or , ma bello raço ,

Diguo-mi ce qué t'embarasso?

Car as pas l'air d'estré counten ;

Sabes , ti vouéli fouesso ben !

Ensin agués plus gés de lagno. »

En memé tem, d'uno baragno ,

Un espéço de briguélian ,

Qué marchavo su lou chrestian ,

Espinchavo en fasen l'escouto.

L'uei de coustié , la testo souto ,

Bordegeavo à garapachoun ,

Darrié la frumo et lou pichoun.

Portavo per pagua de mino

Uno quitarro su l'esquino ,

Lou gus ! mi semblo que lou vieou ,

Jugavo crési' à lativiou.

Fasié baboou , puï s'estremavo ,

Sortié , passavo , repassavo....

Quand l'amourous sigué soulé ,

Alor , subran coumo un boulé

Qué parté' et toumbo à foun de calo ,

Ven et li piquo su l'espalo.

S'aplanto.... reculo d'un pas....

Lou fisso.... si crouso leis bras,

Et li di : masquo ti counouissi......

Resto' aqui, foou que t'avertissi.

Sies pa' un taou. — Coumo ? — Sies un taou.

Intrès pas dins aquest' oustaou,

Per caligna la coumedieno......

Faï mi graci de toun antieno,

Ti creiriou pas ; car siou segu,

Couleguo, que sies pas vengu

Per Babè, maï per Catarino.

Anen, mi faguès pas la mino,

Vies que ce que diou es veraï.

Eh ! ben se voues, t'ajudaraï.

—Vous ?—Ieou.—Couyouna ?—Bon, couyouni !

Ah ! ça, quand jugan que vous douni

La provo de ce que vous diou ?

— Maï coumo vous dien ? — Tron de Diou,

Faou qu'agué ben paou de judici ;

Porvu que vous rendi servici,

Qué voulé maï ? Escouta-mi,

Et veiré que siou un ami.

D'abord, moun cher, sia de Veniso,

Coumo siou d'Oouruou. A l'égliso

Avé vis l'a douis més pa'enca,

La frumo que vène cerqua.

Avé bello faïré l'areto,

Despui lor coucho plus souleto,

Es maridado. Maï soouré

Qué sé voulé, v'hui, la veïré.

Vous faraï intra din sa chambro.

A' un mari qu'és fin coumo l'ambro,

Lou couyounaren. — Oh ! moun cher !

Sia pu bravé que n'avé l'air,

Vous preniou per un bouenevoyo ;

Et mi vené douna dé voyo !!...

Per que vous ooublidi jamaï,

Digua mi coumo vous dien? — Maï !

M'avé embeta. Que sequo narro,

Vous fouti' un coou de la quitarro,

Se parla maï.... Eh ! teisa vous !....

Estou souar anaren touis dous

A vounz'houro, oou clar de la luno,

Su lou port. Fourra resta'en uno.

Prochi lou pouent dé.. (tron de Diou !

A qui l'a'un noun empachatiou

Que mi poou pa'intra din la testo,

Enfin es egaou.) Per lou resto

Vous diou ren, moun cher, va veïrés,
A vounzo'houro, quand li serés.
— Et perque mi rendè servici?
— Va t'aï dejà dit, ti counouissi,
Et tu mi counouisses tamben
Despui l'an passa. Sabes ben
Aquéou souar que ti retiravés
Su lei dex houro et que passavès
Su la plaço de.... de.... San.... tron?...
(Aqui la maï un noun doou tron),
Qué l'avié de gens que creïdavoun,
Et que dougé nervi' ensaquavoun
Quoouqun, et qu'à grands coous de poun
Feria courré' aquéleï capoun?
Eh! ben, ero iou qu'eri floro.
Cependant siou pa' uno pecoro!
Anfin, moun cher, sian entendu.
Mi fé l'effet d'un bougré du,
Ensin conti su vous. — Maï couro?
— Eh! ben, vaï dit qu'ero à vounzo'houro?
— Voueï avè raisoun, estou souar.
— Vendrés? — A la vido', à la mouar.
Encaro' un mot. Foou pa' avé crento,
Car se l'ooucasien si présento

9

Vouriou pousqué vous ajuda.

Qu sia ? — Qu siou ? — Vouei. — Un fada.

VII.

Emé' un fada d'aquelo espeço ,

Eri pa' en peno de la peço.

Car aquel empuro gaveou ,

Espeço de mangeo morveou ,

Avie pa' enca perdu de visto

L'amourous, qué sigué' à la pisto

De la maistresso. Uno résoun ,

Gitado en l'air , senço façoun ,

L'agué leou mes marteou en testo ,

Li digué, qu'uno frumo hoounesto

Coum' ello , et qu'avié tan d'espri ,

Oourié jamaï dugu souffri

Qué soun amourous la laïssessé

Per uno' acutre frumo, et qu'anessé

Touti leï souar à soun oustaou.,..... .

Nagué proun de dit , lou prépaou

Toumbé pa' oou soou. Qunto couléro !

Ello' alor li digué ce qu'éro ;

Un mooufatan , un messoungier ,

Que su quoouqué bru passagier

Venié' accusa soun calignaïre
De vouïé la troumpa, pecaïré!
L'aoutré, tamben de soun cousta
Li soustenié la verita.

— Vous diou que vouei, — vous diou que nani.
— Su qué voulè que lou coundani?
— Per la veïré, ven de parti.
— Es pas veraï.... n'avé menti....

— Vous n'en voueli douna la provo.
— Alor esperi' aquel' esprovo.
— Eh! ben, siegué; car estou souar
Pas pus tard, voueli estré un pouar,
Sé vous lou dessouti pa' eme' ello.....
Vous esperavia pa' à n' aquello?
Heín? que n'en dia? — Diou.... diou pas ren....
— Esto nué si rescountraren
Su lou pouen dé... dé'.. (es impoussiblé
Aqui l'a maï un noum terriblé
Un d'aqueleï noum en questien,
Du coumo de maroditien.
Passi su lou pouen). Arribado
Su lou quay, à la cantounado,
Troubaré' uno pouarto de boûes;
N'en fare ni v'uno ni doues,

La dorbires. — Après ? — Dessuito
N'en troubaré' un aoutro' à la suito.
Pui un aoutro , cinq , siei , sept , hiué ,
A n'uno'houro après miegeo-nué ,
Rapela-vous ! — Aquelo' es fouarto !
Mi dia que foou dorbi hiué pouarto ?
— Na maï de vingt ; nen dorbiré
Toujour , tant que n'atroubaré...
V'en diou pas maï , veïré lou resto...

VIII.

Avié fouesso marido testo ,
Babè, la coumedieno ! et pui...
N'en duvié avé v'uno en chasqu'uei
Tamben coumo l'houro picavo ,
Senso précooutien arribavo
Affurado coumo'un dragoun...
Tirassavo de coutioun ,
D'eïcito'eïa... D'une man fouarto ,
Après avé dorbi la pouarto ,
Intré coumo'uno bréfounié...
Si précipité su lou lié ,
Mounté l'aoutro s'éro gitado
De poou... Per pa'estre dessoutado

S'esquichavo ;... ténié l'alen...
A la clarta de soun calen
Babè deviné leou la ruso !
Car digué' entré seis dents : la guso !
Aougeo fa semblan de dormi !...
— « Qu'es eïço ! moun diou ! soouva-mi ! »
Disié l'aoutro' en fen l'estounado.
Coumo s'ero destroussounado...
— Cé qu'ès eïço ? V'ana sachu
Car vous va voou diré. — Chu ! chu !
— Què chu , chu ? Coumo' ave pas crento
Enca de faïre l'inourento ?
Ah ! vous teni souto leis pè ,
Masquo ! — Vous léva d'oou respè ,
Vaï jamaï vis , que venè faïre ?
— Veni cerqua moun calignaïrè ,
Sabi que mi l'avé'escoundu.
— Cerqua lou se l'avè perdu.
— Voueï ; lou cerquaraï , capounasso !
Es pa'aco ce que m'embarrasso ,
Se vesiti l'appartamen
Lou voou trouba sus lou moumen.
Vouestrei douis plaços soun marquados...
Leï cadieros soun rapprouchados...

Oouria dégu leï dérangea.

Bessaï que l'avè pas soungea ?

Venè d'amouessa la candelo

L'a' anca lou mou. — Madameïselo

Vous assuri qu'ès pas veraï !

— Aco' es troou fouar ! mentiré maï

Se su lou moument va vous provi ?

Tenè , remarqua ce qu'atrovi...

Aco d'aquito' es pa' un manteou ?

Un paou pu luen la lou capeou...

Ah ! qués eïço ? leis boueneis amos ,

Que soun aqueleis grandeis damos !!

Noun prenoun noustreis amourous ,

Dé fès qué là ne n'en foou dous.....

Et puis s'arrangeoun à sa guiso :

Soun devoto, van à l'egliso ,

Oou proné, à la bénéditien,

Si fan uno réputatien

De frumos franco' hoounesto, sobros ,

Soun de touti leï boueneis obros ,

Fan de quêtos din lou quartier......

Tout' aco soun de masquarié !.....

Enca doou men se si taïsavoun

Un paou , et se s'arremarquavoun !...

Maï, noun mesprésoun toui leï jour;
De tout tem, en tout lué, toujour,
Rougissoun de nouestro presenço!
Pas mens, la pas grand'différenço!
Meïdamos, foou pas creida'oou fué,
Ce qué fé lou jour, fen la nué;
L'a que leïs houros de changeados.
Sias richos, noblos, recercados
Pertout; naoutreïs va sian tamben.
Touti leï souars, quand va voulen,
Si fen deïs pus grandeïs famio,
Enfin, jugan la coumédio
Su lou thiatré, et vaoutri' a l'oustaou.
Avé résoun, la ren de taou
Qué de si fa passa per bravo...
Foou que siguè ben paou de cavo!
N'aoutreï ooumen troumpan dégun.
Dian pas tout lou jour en cadun
Que sian la flou de la sagesso...
S'anan pas souven à la messo,
Noun fé susa quand vous li vian,
Car si dounan per ce que sian.
Vaoutreï fé cinquanto coou pire.
Lou proverbi' a raisoun de diré

Qué voou maï bouen bru que bouen vin.

Su millo, n'a bessaï pas ving
De vaoutreï que siegoun hounesto ;
Ave bello'a branda la testo
En m'arremarquant... Ce que diou ,
Va sabes fouesso mies que ieou !
— Eh ! ben, va sabi, vouei, madamo...
Maï vous juri dessus moun amo,
Que la degun d'escoundu'eïci,
Va vous poudè creire. — Oh ! que si !
Ana, sia fino coumo l'ambro...
Dorbe m'en paou aquelo chambro ?
— Coumo?... — Vous faraï gés de maou.
— Es moun mari qu'a prés la claou.
— Vouestre mari? Douna m'un lumé,
La voou ana cerqua iou mumé...
— Nani l'anè pas, mi turié !...
— Alor ero uno masquarié?
Et mi metia de la partido !
Ah ! vous voou fa courre bourrido,
Tout aro, en vous creïdan ben fouar,
Tout ce qu'aï de dessus lou couar...
Mensoungiero, traïto, gusasso,
Couquino, deshonoro raço,

Ana v'escoundré... Ren mi ten
De vous garça douei lavo den...
— Iou, la fio d'un genthiomé !
— Teïsa-vous, vo soueni vouestré hommé.
Ah ! cresé que m'en anaraï
D'eïcito' et que vous laïssaraï
Moun amourous? Pas tant *tarouno!*
Vous despouduraraï, capouno...
Foou que vigui la fin de vous.
Guso ! vene'eicito, à ginoux....
Per qu'enfin vous rendi justici,
Mariasso. foou que v'espooutissi....
— Voourié fa, se coumo'un uiaou
L'aoutro' en oousen aqueou prépaou
Si la siguessé pas croumpado,
Lampavo toute esprouvantado,
Darrié leïs taoulo, leïs fooutuei....
Foulié' avé bouen ped et bouen uei,
Car l'aoutro tamben lei mandavo !
L'avié' une ouro qu'eiço duravo,
Crésiou que va fasien exprès:
Maï, vaqui qu'un moumen après,
En vésen oou bout de la sallo
Lou preguo-diou de sa rivalo,

Babè s'arresto, et gito un cris !
Avié recounouissu lou Chris
Qu'aoutreï fés portavo sa mèro...
Ello, alor sentè sa coulero,
Que toumbavo coumo un aïé...
Anavo demanda perqué
Lou Cris de sa mero ero'aquito ?
Quand reçuberoun la visito
Doou mari, din l'appartamen...
Vous figura' en d'aqueou moumei.
La pousitien dei douis fumello ?
Ah ! n'avaleroun de cruvello...
Duvien avé' uno bravo poou !
Si teïseroun toui doues oou coou,
La frumo avié la testo souto...
Cresi que si fagué dessouto
En oousen dire à soun mari :
« Aï agu boouen nas de veni.
Se si poou creïda de la sorto !
Maï coumo va que sia per orto ?
Aï cresu que s'ero mès fué...
Masquegea doun touto la nué ?
Ma frumo es touto esparoulido,
Et vous sia touto entremounido.

Que tron de Diou es tout eiçot ?
—Fourrié que siguessia ben sot
De creïré que iou et madamo
Vous voulen troumpa ; su moun amo ,
Veïci touto la verita :
En sorten d'uno soucieta
Tout aro, aï oousi que parlavoun
Dé vous, et qué vous preparavoun
Uno rousto quand sortiria ;
Alor aï dit que va soouria ,
Et senso' ospéra , tout dessuito
Siou vengudo à ped, senso suito ,
Per vous diré d'estré' eïs agué
Touto la nué. Vaqui perqué
Madamo es touto esparoufido ,
Et iou siou tout' entremounido.
Bravé !!! Eri ben lun de counta
Su d'aqueou trait, ma fa ploura...
Eh ben ! dedins touto la peço ,
Fa vingt atien d'aquel' espeço ,
Et quand lou mari vis pus tar
Que poou pas négua ce qu'ès clar ,
Que , furiou contro Catarino ,
Mando Babè dins la cousino

Querré de qué l'empouïouna....
Ello fa semblan de l'ana :
Pren un flascoun d'aïguo de roso ,
Ven , et li fa' avala' uno doso
De pouïoun qués pas de pouïoun.
Pui la fa porta d'escoundoun
Jusquo dins soun oustaou , pecaïre ,
Per la rendre à soun calignaïré
En vido. Eh ! ben , que v'a pas dit ,
Moun bravé moussu Benedit ,
Qu'en revengé d'un taou servici ,
Aqueou gus , aquelo brutissi ,
Lou souar , din sa chambro , en intrant ,
La tué. Fés de ben a Bertrand...
Jamaï despui que viou atriço ,
Revoulutionna leï coulisso ,
Dugun m'avié fa tant d'effè
Et portant , digua , va sabè ,
Uno frumo tant mistourino ,
Deglenido de la peitrino ,
Que quand la via dins un cantoun ,
Li dounaria pa' un coou de poun ;
Que s'en va plugado en doui double
Coumo un preguo-diou de restouble ,

Et que foute lou fué' à l'oustaou,
Quand a parti de soun repaou !!!
Aco' es fouesso beou, nen counveni
Et non counvendré. Tamben, teni
A ce qué liegé em'attentien
Leï vers qu'aï fa' a soun intentien !

A Madame Dorval !

—

Lorsque le théâtre s'enflamme
A vos accents, belle Thisbé,
Chacun recueille dans son âme
Le son dans l'oreille tombé.
Vous qu'un art si beau divinise,
Oh ! c'est bien le ciel de Venise
Qui vous fit naître sur des fleurs ·
Cité qui donne, en son délire,
Les larmes après le sourire
Et le sourire après les pleurs !

Lou souar oou thiatre, à la sordino,
Li manderi' aqueleï douis lino.
Lou lendeman mi respoundé,
En mi fen remettre un bié,

Su d'un papier fin qu'embaïmavo
En qu'en liegen, mi rappelavo,
Lou magasin de Demounsian.
Desirariou pusqué li sian
De vous n'en douna counouissenço,
Sera per la prouchaine ooudienço :
Vous v'escriouraï un aoutre coou;
Li perdre ren n'agué pas poou.
Vous diraï douis mots de meï courso.
De Nouesto-Damo, de la Bourso,
De la Chambro dei Députa,
Aï fouesso cavo' à vous counta,
Per malhur la plaço mi manquo.
Et puis, coumo aï pas carto blanquo
Deï proufessours, duvi tamben
Mi prépara per l'examen
Qu'ooura lué dijoou vo divendre ;
Foou que mounti' oou lué de descendre,
Et se sabi pas ma liçoun,
Alors siou un pouli garçoun....

CHICHOIS.

—

LA POLICE CORRECTIONNELLE.

PERSONNAGES.

—

LE PRÉSIDENT.

L'AVOCAT.

QUIQUI.

BOUSCARLO. } Nervis prévenus.

CASCAVEOU.

MAITRE RAMAIGO, calfat-constructeur.

ROSE POUSSEL., fruitière au cours St-Louis.

ACHILLE LEVAILLANT ,ancien instituteur, brigadier de gendarmes, actuellement maître d'armes.

BELLAMY, négociant turc.

DHURBECK, son ami.

UN ORIENTALISTE, interprète officieux du turc.

UN LITTÉRATEUR, interprète officiel dudit turc.

L'HUISSIER audiencier.

L'AUDITOIRE.

CHICHOIS.

LA POLICE CORRECTIONNELLE.

G. Bénédit à Chichois.

CHICHOIS t'anounci' uno nouvello :
Lou patois repren dé pus bello.
L'a 'un an li fasien pa' attentien,
Aro' es uno rélévatien....
N'espélissé dé touis leï caïre,
D'Azai, de Niço, de Béoucaïre,
Doou Mexiquo, dé Pézénas,
Dé Perpignan, dé Caracas,

Dé Barcélouno, dé Meyrarguo,

Dé Mostaganen, dé Mazarguo,

Doou tron de l'air. En leï liegen

Semblo qu'entendi à tout moumen

Crénia dé vieïo sarraïos,

Rémouqua dé sa dé ferraïos,

Hueïls, vounch, luench, cooup, mar, dar, kar, lach,

Drech, frech, fuech, luech, traouc, crik, crok, jach.

Eier nen parlavi émé Gatou

Mi digué : veni mita matou ;

Per coumprene' aquéleï patois

Foou parla tur vo ben chinois.

Per bouenhur quen fait de poveto

Vénen dé faïré uno counqueto !!!

Sé va ti diou, vas fa treï saou.

Loueï es poveto prouvençaou.....

Poues creïre qu'és pas' uno bugudo,

Car la nouvello es couneïssudo.

L'ancien arrousaïré publi·

Es parfaitamen establi,

Et fa cranamen sa partido ;

Diria qu'a' escri touto sa vido ;

(En prouvençaou ben entendu).

Soun talen a peino madu,

Es din leï gran sujès qué brio.

A fa 'un moucéou su la BORDIO ! !

L'a ren oou déssus de pus beou,

Ti farié véni rababéou......

En espéran qué ti lou mandi ,

Pitoué, fourra qué ti demandi

La permissien dé ti counta

La scèno mounté aï assista

L'ooura quatorzé jour divendré ,

S'agissié par iou d'ana' entendré

Treï nervi qué s'éroun battu

Et qu'avien fa' un paou coumo tu

Dins lou tem de teï moouparado.

Ero oou mitan de la jornado.

Intréri coumo fénissien

Tout jus l'ate d'accusatien.

En poussan un paou , m'applaceri

Dins un cantoun coumo pousquéri ,

Per escouta lou présiden ,

Hommé hoounesté et fouesso pruden,

Quoiqué siégué un paou galégeaïré.

Lei nervi sabien plus qué faïré,

Bouscarlo surtout réguiné ,

Quan lou présiden li digué :

— Vouesté péro'ero un hoounest'homme ;
Fasié partido deï Prud'hommé ;
Cita per soun éducatien ;
S'avias suivi seïs istrutien
Sérias pa'eïci.....Coumo l'a vouest'agi ,
Aïma mies'lou libertinagi
Qué lou travaï? Avès raisoun ,
Ensin fès dé bouenéï maïsoun !
Probablamen aves dé frèro ?

BOUSCARLO.

Et voueï.

LE PRÉSIDENT.

Gaspi! sé vouestro mèro
A'enca doou va très garnimen
Parié, li foou moun coumplimen ;
Avès fa de poulideï cavo ,
L'a ren a diré. Sias l'encavo
Qu'ooujord'hui dé gens de chantié ,
D'hommés, dé frumos dë mestië,
Soun vengu perdré uno journado
Qué li séra pas remboursado.
Va coumprénë? senso coumpta
Tout lou tort qué l'avés porta

Dé cinquanto millo manièro.

La quienzé jour, eï pégourièro

Vous sias douna dé pé, deï mans

Per négua quatre caramans ;

Pourtant avias la counouissenço

Qu'agissias pas per ignourenço.

Car sabias, à n'en pas douta ,

Quaquéleï caraman vous appartenien pa.

Et leïs aves poussa din l'aïguo !

BOUSCARLO.

Nani....

LE PRÉSIDENT.

Nani? mesté Ramaïgo

Respoundra'aqui dessus, si carguo d'aqueou souin.

Asseta vous.— Huissier, appelez le témoin.

L'HUISSIER (Appelant.)

Ramaïgo !....

Scène Iʳᵉ.

Le Président, Quiqui, Bouscarlo et Cascaveou , l'Huissier,
Ramaïgo.

RAMAÏGO.

Mi voici. Zétais dans lé passazo

Que z'attendais mon tour. (Grand bruit au fond.)

LE PRÉSIDENT.

Quel est donc ce tapage ?

Faites faire silence, huissier, ou dans l'instant
Je fais évacuer la salle. (Le bruit se calme.) Maintenant
Il faudra nous donner, sans haine et sans colère,
Quelques renseignements précis sur votre affaire...

RAMAÏGO.

Z'avais mis sur le quay deux vo trois caraman.

LE PRÉSIDENT.

Avant dé coumença d'abord léva la man.
Pa'aquélo, la man drecho. Et digua mi vouest'agi.

RAMAÏGO.

Z'aï soixante-sept ans.

LE PRÉSIDENT.

Aro, selon l'usagi,
Foou qué jurès dé diré émé sincérita
Touto la vérita, ren que la vérita.

RAMAÏGO.

Zé zuro !

LE PRÉSIDENT.

Bon, viguen, lou tribunaou v'escouto.
Poudès accoumença.

RAMAÏGO.

(A part.) Maï que resti pas souto !

Pour vous n'en révéni, zavais trois caramans
Coueté dessus lé quay z'aveque de sermens.

LE PRÉSIDENT.

Poudès parla patois, se voulès, vous compreni,
Lou tribunaou ooussi, tres ben; soulamen tèni
A cé qué mi digué tout ce que s'es passa
Emé quoouqueï détaï, senso troou vous pressa.

RAMAÏGO.

Bon, puisqu'il est ainsi zé m'en va vous lé diro.
Aviou treï caramans, passa lou pouen que viro
Coueta lou long doou quay émé quoouqueï gavéou.
Leïs aviou aligna touteï tres de nivéou
　　　Per leïs entaména divendre.
　　　Aï ben maou fa dé leï pas vendre !
　　　V'hui mi trouvariou pa'encala.
　　　Dimingé moussu Chicala,
　　　Lou coustrutour dé la gabarro,
　　　Mi serqué per mi douna d'arro.
　　　Vengué quatre coou a l'oustaou,
　　　Coumo erian fouero lou portaou
　　　Chez Chabert. En fumant la pipo
　　　L'érian ana mangea dé tripo

Emé Roussou et Bergamin
Chïcata sachen lou camin
Oourié pousqu mi véni veïré
Portant quand retorneri ; Peïré
Assagé dé mi décida.
Li diguéri qué poudiou pa ,
Un mestré timounié de Cano
M'avié coumanda' uno tartano.
Poudiou pas vendre' émé raisoun
De boués qué mi fasien besoun.
Aï fa uno bello couyounado !
Saguessi suivi ma pensado...

LE PRÉSIDENT (l'interrompant.)

Permetté mi dé v'arresta.
Mi semblo que vous escarta
Coumplétamen dé vouest'affaïré.
Lou tribunaou a ren à faïré
Dé tout'aqueleïs disgressiens.
Se sabias seïs ooucupatiens
Noun dirias lou puléou poussiblé
Dé qué s'agis. Es impoussiblé
Qué per vouestreï très caramans
Resten eïci jusqu'à deman.

Se vous an porta préjudicï
Counta lou fait à la justici
En esten tant court qué pourré.

RAMAÏGO.

Alor va dïrai tout d'arré,
Senso ooublida la mendro provo.
L'ooura quienze jour v'hui, passavi en Ribo-novo
A dex houro'et miegeo doou souar.
Eri pa'enca davan Isouard,
Qué ten boutigo'eï pegouriéro,
Qu'aperçuvi fouesso pooussiero,
M'avanci, et vieou treï capounas
Apountéla, qu'a tour dé bras
Foutien meï caramans din l'aïguo.
Bougré de sort !.....

LE PRÉSIDENT.

Maisté Ramaïgo.
Mésura vouestreïs expressien.

RAMAÏGO.

Escusa, l'aï pas fa attentien.

(Rires dans l'auditoire.)

Per révéni sus moun affaïré,
Créséri alor dé ben faïré

En m'approuchan per li parla ,
E li creïdéri : qué fé 'eïla ?
Alor coumo sé ren noun éro ,
N'a vun deï trés qué mi di : Frèro ,
Noun durria douna'un coou de man
Per vira aqueleï caraman ?
— Aï vé ! qunto ideïo vous passo ?
— Ero per leï changea dé plaço...
— Ah ça ! leissa un paou esta 'aquo !..
— Foou qu'agué' un coou sus lou coco,
Aqueleï caramans soun nouestré.
— N'avé menti ! soun miou. — Soun vouestré?
Lou nas dé vouestro paouro sur !
Vaï mousé dé bous, vieï voulur !.! !
— Alor mi sigué plus poussiblé,
Coumprénè , dé resta insensiblé ,
En d'aquéleï marris prépaou.
Tout en m'aréculan un paou ,
Senso diré quan voou , quan couesto,
Emé 'un coou dé pé din leï couesto
Li foou léva voouto subran ,
Et li maqui l'ouessé bertran.
Sigué lou sinaou dé la danso ;
Car subran aquéleï mangeanço

Mi toumberoun toui tres déssu....
Quiqui m'aganté per lou su :
Doou tem qué Cascavéou piquavo,
Bouscarlo, qué m'arrémarquavo,
Mi mandé'un coou qué m'afouncé
Lou capeou dessus lou corsé.
Li viguéri plus : maï cridavi
Et maï risien : coumo assageavi
Dé tira la testo d'adin,
Moun nas venié coumo'un boudin,
Moun mentoun coumo'uno rabasso ;
Virooutegeavi sus la plaço
Senso saoupré qué dévéni....
Eli, oou lué dé mi réténi,
M'estrasseroun touti leï brayo
En mi poussan su la muraïo
Pleino de peguo'eme de séou...
Et pas pousqué li garça un séou !

LE PRÉSIDENT.

Vouestro dépousitien, témouin, duou estre exempto
De paraoulos incounvénento,
Vous vaï déjà dit.

RAMAÏGO.

M'a 'escapa,
Quand parli d'aquo, pouédi pa
Va digéri. Lou sang mi bouïé ;
Senti la facho qué mi couïé.
Alors métriou lou fué'à l'oustaou.
Véni davan lou tribunaou.
A soixante-sept ans tout aro,
Et per aqueleï treï mascaro !
Ieou qu'aï servi, qu'aï naviga,
Méssiés, qué mi sieou arisqua
Cinquanto ans dé touto maniero....
Avé passa sa vido entiero
Sus terro, sus mar, lou promié,
Din cinq cent millo bréfounié
Coumo s'éri su leïs Alleio,
Estré ana émé moussu Mordéïo
Coumo ségoun, avé' estrassa
Leïs Anglés coumo dé vieï sa ;
Leï soouvagi dé l'Amériquo ;
Avé servi la Républiquo
Contro leï Russo, leï Prussien ;
Dexo-sept ans, émé l'ancien,
Avé fa provo dé couragi

Dé pretout, et pui à moun iagi,
Si veïré douna' uno liçoun
Per aqueleï très foutissoun
La dé qué si mangea lou fugi!

LE PRÉSIDENT.

Avès raisoun, maï per qué jugi
Lou fait, senso vous èscooufa,
Digua mi cé qué vous an fa
Quand vous an embruti leï brayo
En vous poussan su la muraïo ?
Vourriou tamben en paou sachu,
Cé qué leï caraman enfin soun dévengu.

RAMAÏGO.

Vaï déja dit qu'aviou la testo
Din lou capéou. Per quant oou resto,
Quand m'aguéroun barooutegea
Penden miech'houro., eïcito., eïa ;
Quand m'aguéroun douna dé couétto,
En mi creïdan vieïo machouétto ;
M'anavoun foutré din la mar,
Se siguéssé pas moussu Isnar
Et Pinatéou que v'empachéroun.
Aquéleï messiés s'avançéroun

Per afin dé mi desbouita.

Moun su fasié l'effet d'un ta.

Mi gassayavoun la carcasso,

Impoussiblé !... Dé guerro lasso,

Moussu Isnar, émé soun coutéou,

Coupé la coffo doou capeou

A l'entour ; alor li viguéri.

Tout en leï rémarcian, cerquéri

Sé vésiou meï trés caraman...

L'éroun pas plus ! Lou lendéman,

Quand leï vouguéri ana prendré,

Martin mi leï vougué pas rendré

Mi respoundé qu'eroun pas mięou,

Que s'eroun méla émé leï sieou,

Quèro un malhur. Ah ! mi facheri,

Maï coumo foou ! et li diguéri

Qu'agicié pas coumo un ami.

Alor mi digué : escouta mi,

Creidé pas, séricou incapablé,

Dé vous faïré tort. Préné' un cablé,

Amarra leï treï caraman

Qu'aven aqui souto la man

Et leï faré porta. — Maï coumo !

Préné' un méloun per uno poumo !

Meï caraman éroun pu lon...
— Ah! (mi respouendé) aquo es sélon...
— Vous dieou qu'avien déxo-sept cano,
N'en duvieou faïré uno tartano.
Vouestreï biguos sembloun tout jus
De manché d'escoubo dé brus :
— Moun cher, cresi qué mi fé un conté?
— Qué diantré, siguen dé bouen compté
N'a pas per un pareou dé ren ..
Eh ben! (mi respouendé) oouré ren.
— Oh! sus lou moumen, mi sentéri
Mounta' un préfum! maï mi diguéri :
Qué faras? t'anaras piqua?
Nani. Voou mies ana cerca
Leï douis témouins deï pegourièro
Per diré en paou dé qué manièro
Tout s'es passa; pui, d'aquéou pas
Anaren oou jugi de pax.
Eh! ben, aï pas ben fa?

LE PRÉSIDENT.

Sans douto;
Avès suivi la bouéno routo.

RAMAÏGO.

Voueï, maï eïsso mi fagué maou.
Lou souar, en intran à l'oustaou,
Avieou la facho révéssado.
Ma frumo, qu'es pas acoustumado
Dé mi veïré ensin, sabié pa
Cé qu'avieou; la fougué troumpa.
Li diguéri qué moussu Mestré,
Noueslré pus ancien contro-maistré
Avié toumba d'un bastimen,
Maï quéro ren hurousamen.
Ma frumo es sujéto à la mèro :
Se l'avieou dit : aï près coulèro,
Bessaï si sérié messo oou lié
Per n'eu faïré uno maladié.
Portant, coumo ero fouesso en peno
Dé mi veïré enquié, Madalèno,
Ma fio, mi fagué dé thé.
Siou ennémi deï poutité,
Per l'accountenta lou buguéri,
Quand l'aguéri près mi sentéri
Fouesso mies. Maï, meï caraman !
Mi leï foulié lou lendéman,

Ero'aquo cé qué m'embétavo !
Avieou un foutré qué m'anavo !!
Mi sérieou tùa lou mumé souar....

LE PRÉSIDENT.

Coou d'argen es pas coou dé mouar :
Oouria' agu tort dé vous destruiré.
Aro , ooubligea mi dé mi diré ,
Recounouissés leïs accusa ?
Toutï très ?

RAMAÏGO.

Eh ! ben, excusa !
Voulè pas qué leï récounouissi ?
Sabi qué davan la justici
L'on duou dire la vérita.
Es éli qué man insurta ,
Et qué man estrassa leï brayo
En mi poussan su la muraïo ,
Leï via soun acquito asséta ,
Récounouissi meï très pratiquo ,
Lou troisieme a 'un faou noum ,

LE PRÉSIDENT.

Coumo li dien ?

RAMAÏGO.

La Chiquo.

LE PRÉSIDENT.

La Chiquo ! La li couparen.

Eh ben ! V'aves oousi ? Ques qué respoundes ? Ren ?

Coumo , vaoutreï qué d'habitudo

Avès jamaï bésoun d'ajudo ,

Lorsqué s'agissé d'inventien.

Déja vouestro imaginatien

Es interdicho en ma presenço ?

Avieou miés oougura dé vouest' intelligenço. .

BOUSCARLO   (d'abord un peu embarrassé).

Eh ben ! avié ploougu... moun cher....

L'avié pa'un magasin.duber.....

Sercavian d'aluma la pipo ..

Cascaveou mi digué : Phélipo

En passan chez maistré Faren

Oou bout doou quay, l'alumaren.

Pusque siou eïci foou qu'assagi

De boulegua aquesteï bouscagi. . . .

—Voues vira aquéleï caraman ?

Travaïaries jusqu'à déman...

—Ti jugui dex soous qué va fagui.

—Eh ben! Tè, sé va fas , ti pagui

Tout cé qué voudras.—Lèvo-ti,
Sé ti voués pas faïré embruti!...
Alor, quasi senso ren faïré,
Coumo lou touqu'en paou dé caïré,
Lou caraman parté soulé,
En roudélan coum' un palé....
Coumo'éro pas coueta, déssuito
Leïs aoutreïs dous li féroun suito....
Si li méttérian proun davan
Perqu'anéssoun plus dé l'avan :
Oh ! pas maï ! avien prés l'abrivo,
Tout lou chantié de mouss'Ooulivo
Sérié vengu qu'oourié ren fa...
Tamben, après s'estré escooufa
Per qué, per ren, dé guerro lasso,
Pensérian dé quitta la plaço ;
Et dé si lèva doou dangié ;
Car, senso'aquo, leï treïs pounchié,
Nous oourien rémouqua din l'aïguo.
Alor vengué maistré Ramaïgo
Qué noun foutré dé coou dé pè....

Parla 'émé 'un poou maï dé respè.

BOUSCARLO.

Vouei, moun cher, contro l'habitudo,
S'aven pas pousqu douna ajudo,
Es qué lou soou éro bagna.

LE PRÉSIDENT.

Aquo' es pa maou imagina.
Eh ben! véses sé mi troumpavi
Et s'aviou tort, quand avançavi
Qué manquavias pas d'inventien,
Per changea la situatièn?
Avé 'insulta maisté Ramaïgo,
Poussa seï caramans din l'aïguo,
Dias qué leïs caraman vous an poussa,...
Séro véraï sérié lou moundé renversa.

LES TROIS NERVI (étouffant un éclat de rire).

Hi! Hi!

LE PRÉSIDENT.

Cé qué véni dé diré,
L'apparenço qué vous fa riré?
Avès raisoun, eh ben, touïs trés,
Veïren un paou tout aro se rirés!...
Appelez lè témoin.

L'HUISSIER.

Rose Poussel !

LE PRÉSIDENT.

Silence !

Allons, voyons, qu'elle s'avance.

Huissier veuillez la faire asseoir.

SCÈNE II.

Les mêmes, Rose Poussel.

ROSE POUSSEL.

Haï ! moun Diou, mi pren maou dé couar,...

Aï leï cambos que mi trémouéroun...

Moun bravé moussu, qué mi vouéroun ?

L'HUISSIER.

Fourra respouendre oou tribunaou.

ROSE POUSSEL.

Oou men, mi faran gés dé maou ?

Sabè n'aï pas bésoun, pécaïré !

Digua m'un paou cé qué foon faïré ?

Cé qué foou qué digui ?....Ah ! moun Diou,

Qué maou dé ventré ! sé sortiou ?

Intrariou maï...

LE PRÉSIDENT.

Es impoussiblé.

Respoundé?

ROSE.

Faraï moun poussiblé.

LE PRÉSIDENT.

Coumo vous dien ?

ROSE.

Roso Pousséou

LE PRÉSIDENT.

Dé mounté sias?

ROSE.

De San-Macéou.

LE PRÉSIDENT.

Ques qué fés ?

ROSE.

Qué voulé qué fagui?

Vendi au Cous....

LE PRÉSIDENT.

Aro   per qué 'agui

Quoouqueï rensignamen précis

Sus plusiur pouins fouart indécis,

Racounta mi un paou leï cavo.

ROSE.

Va viou coumo se m'arribavo.
Veïci coumo tout s'es passa :
Oou Cous moun ban est aplaça
Prochi Mioun la bouquétiero,
Quasi vis-à-vis la carrièro
Mounté toundoun, pui, leï chivaou
Davan Moourin lou manéchaou,
Bravé Moussu. D'aquélo plaço
L'on poou veïré cé qué si passo
A poou près dins tout lou quartier.
Souven vénié' un faribustié,
Quavié l'air de cerqua chabensso.
Iou, qué maou noun fa maou noun **penso**,
Oougeavi pas m'en mesfisa,
Ni maï lou poudiou pa' accusa :
Inouravi per qu passavo
Maï, un jour, viou qu'arrémarquavo
Moun aïnaïo assétado oou ban ;
Ero rédé coumo' artaban,
Fasié lou béou, la carognado ;
Sapplanté, resté' uno passado,

Et fé semblan dé s'en ana,

Vengué maï din l'après dina;

Coumo croumpavi' un soou d'amouro,

Pui, toui leï jour à la même houro,

Oou moumen qué l'avié Goutoun,

Vénié escampa d'aïguo oou cantoun.

L'avié doui mès qu'eïço duravo.

Quand viguéri qué continuavo,

Anéri demanda'un counseou,

Mi diguéroun : misè Pousseou,

Enanav'en oou coumissari.

Sé vous plagné pa'a moussu' Allari

Vous veïré dins uu marri cas :

Foou qué siegué quoouqué gusas

Que voou désavia vouesto fio,

Cresé vo. Sabè qu'a Marsïo,

Bravé moussu, n'en foou pas maï.

(S'interrompant tout-à-coup.)

Qué maou dé ventré qué iou aï !!

Sé sortiou, intrariou tout aro ?...

LE PRÉSIDENT.

Un moumen ! v'en anè pa'ancaro,

Foou qué sachi la vérita :
Sé mé n'en dias qué la mita
Es pas poussiblé qué m'esclari.
Qué vous digué lou coumissari ?

ROSE.

Lou coumissari mi digué:
Avè rempli vouestré dévó ;
Aro, foou rédoubla dé voyo
Per pessuga'aquéou bouénovoyo.
Chcouria, ténè lou damen :
S'éscampo d'aïguo hoounestamen,
Es un malhur : qué voulé faïré?..,.
Maï, ooutramen mi fourrié gaïré
Per dreïssa lou proucès verbaou;
Se l'éri pas, moussu Roubaou
S'en carguarié. —Va ben, m'en vèni
Per leï Fuïans. Maï, coumo prèni
La travésso doou pichoun Cous,
Subran aouvi dé cris affroux,
Viou moun aïnaïo qué plouravo
Et tout lou moundé qué creïdavo :
Gusas! capoun ! marrias ! voulur !
Diguéri : es arriba' un malhur

Dé sugu... M'éri pas troumpado :

Car doou tem qué m'éri' en anado,

Aquéou foussa quavè davan

S'éro avança prochi doou ban

Per insurta ma paouro fio :

Li voulié prèné la cassio

Qu'avié'à la bouquo... Maï Goutgur

Si défendé d'aquéou capoun

En souénan misé Pinatèlo.

Foulié veiré aquéou pèro-mèlo !

Mi vouguéri métré oou mitan...

Mi traté de viéïo sartan,

Mi révesse meï paourèï viouré.

Touteï oou soou. Vouliéou plus viouré.

Mi coouquè dexo sept muloun

Queroun aquito a n'un mouroun.

Creïdavi, voulié ren entendré ;

Coumo mi poudïéou pas défendré,

Anavi aganta l'esclo....

Hurousamen, moussu Duclo

S'atroubé' aqui. Sigué un miraclé.

Sens'aquo l'avié'un espétaclé...

Démanda li s'ès pas véraï ?

Vè, lou séro, doou gros esfraï

En intran toumbéri maraouto
Emé' un oousipéro' à la gaouto....
Maï passariou aqui déssu,
Sé ma fio, bravé moussu,
Siguesse pa'estado insurtado....

LE PRÉSIDENT.

Vouriou sachu sé la piquado ?

ROSE.

Eh ben ! un paou maï sérié troou !
Figura vous qu'a reçu'un coou ,
Qué, sé vous va poudiéou fa veïré,
Béssaï va vous vourria pas creïré ,
Braveï méssiés ; a lou davan
Négré coumo' un marespravan !

LE PRÉSIDENT.

Va vias ?

QUIQUI.

Aquo es tout dé mésongeo
Per nous porta tort.

LE PRÉSIDENT.

Dugun songeo

A vous accusa faoussament
Parla' un paou pus oounestamen ,
Quand s'agis d'uno bravo frumo.

QUIQUI, (à demi voix).

Voueï per malhur à la coustumo
D'ana davan leï tribunaou.

ROSE (se signant).

Lou bouen Dieu mi gardé dé maou !
Siou jamaï anado en justici ,
Qu'un coou , enca per injustici.
Coumo mi dien Roso Pousseou !
Veïci cé qu'es : aven d'oousseou
Fouèro l'estro de la cousino.
Misé Barbaroux , ma vésino ,
Vous pourra diré qué souven
Su leï miégeou , quand Goutoun ven
Li nétégean la mangeadouiro ,
Li remplissen la buvidouiro :
Alor , per malhur , uno fé
(Vous v'assuguri su ma fé)
Coumo passé lou coumissari ,
Changeavi l'aïguo doou canari.

Réçubé doou va très espous...

Mi mandé querré à moussu Roux

Qué mi digué dé va plus faïré.

En douïs mots v'explïqui l'affaïré.

Coumo foou rendré l'amo un jour...

(S'arrètant tout-à-coup.)

Lou ventré mi rèno toujour...

LE PRÉSIDENT.

Digua mi?

ROSE.

Dé mounté si passo ?

LE PRÉSIDENT.

Escouta' un paou.

ROSE.

Fè mi dé plaço...

Foou qué souarti ooussoulamen...

Adé matin aï près un lavamen.

Rose sort vivement au milieu du bruit causé par cette scène. (Nombreux éclats de rire dans l'auditoire.)

LE PRÉSIDENT (aux Nervis)

Certo, lou sujet presto' à rire.

Aquo'es beou, la pas ren à dire :

Emplugua de pouli mouyen,
Fouésso hoounesté. Passa lou tem
A désavia de braveï fio?
L'ana déraba la cassio
Dé la bouquo ?

QUIQUI.

Aï ren déraba,
Car la cassio' avié toumba...
Coumo' éri aqui, la rabaïéri
Doou soou, et la li présentéri
Emé douï mots dé coumplimen.
En m'avançan hoounestamen
Li diguéri : madameïsello,
Senso menti, sia la pus bello
Dé tout lou Cous ; despui d'un an
Mi prouméni darrié lou ban
Afin dé vous pousqu'un paou veïré.
Escouta, si mi voulia creïré,
Si durrian marida toui dous.
Sé touto fès ès vouesté gous ?...
Alor, senso s'informa qu'éri
Mi di : Fénissé léou, arléri ! »

Puï arribo misé Pousseou,
S'avanço... Mi garç'un basseou
Et m'estrasso touto la vesto !...
S'aviou agu marrido testo !...

LE PRÉSIDENT (Avec finesse.)

Et qu'anavias faïre oou cantoun ?
Sabès ben ?... vis-à-vis Goutoun ?

QUIQUI.

Anavi. ..

(Le prévenu un peu embarrassé, ajoute :)

Fuma la cigalo.

LE PRÉSIDENT, avec sévérité.

Avès ooufensa la mouralo
Per dé gestos incounvénen.
La qué dé gus, dé gens dé ren
Qué si counduisoùn dé la sorto
En esten tou lou jour per orto.
Oou surplus sias pa' encaro oou bout
Vous sias signala un poou pertout.
L'aoutré soir prochi la placetto
Avè ensuqua d'un coou dé bletto

Lou gat de misè Barbaroux.

QUIQUI.

Ero' un gat nègré.

LE PRÉSIDENT.

Nègré ou roux
L'avès tua ; senso pousqu diré
Per qué résoun, béssaï per riré,
Proubablamen, coumo toujour.
Anfin la' un mès et quoouqueï jour,
Avès agu' uno bouéno ooubéno.
Oou noumbré dé vouestreï frédéno
Ooujord'hui tout lou moundé soou
Quavès gita' un oustaou oou soou
Es ti vraï, vouei vo noun ?

QUIQUI.

Poou estré?...
Maï, avan dé si fisa' oou mestré,
Fourrié sachu' un paou leï raisoun.

LE PRÉSIDENT.

Per bouenhur oouren pas bèsoun

Dé cerqua dé provo' élouignado.

Avès devina ma pensado.

(S'adressant à l'huissier).

Amenez le témoin suivant.

SCÈNE III.

Les précédents (moins Rose Pousse) Achille Levaillant.

(Le témoin entre et reste debout devant le tribunal).

LE PRÉSIDENT.

Comment vous nommez-vous?

LE TÉMOIN.

Achille Levaillant,

Ancien instituteur, brigadier de gendarmes,

Actuellement maître d'armes.

LE PRÉSIDENT.

Bien. A présent, Monsieur, dites la vérité

Dans toute son intégrité.

LEVAILLANT.

La vérité, Monsieur ! sans doute ;

J'ai constamment suivi la route

Que me traçait la vérité.

Maintenant ce point arrêté,

12

Voici, selon votre pensée,

Comme la chose s'est passée.

(Après un moment de silence et avec une grande solennité.)

Je loge en deçà des Moulins,

Monsieur. L'autre jour Catelinz,

Un de mes vieux amis d'enfance,

Eut l'excessive complaisance

De m'inviter à déjeûner

Et je me *laissas* entraîner.

Par bonté, par délicatesse,

Ou peut-être encor par faiblesse

Je *laissas* ces trois garnements,

Maîtres de mes appartements.

Depuis un an, Messieurs, par grâce

Je les recevais dans ma classe;

Ils étaient venus me prier

Bien souvent, et me supplier

De leur montrer un peu d'escrime,

Ils me témoignaient de l'estime,

Je crus qu'ils étaient bon garçons,

Et je leur *donna* des leçons.

Mais le NERVI *n'est pas ce qu'un vain peuple pense* (1)

Et surtout à l'endroit de la reconnaissance,

(1) Voltaire *(Mahomet)*.

Racine l'a dit avant moi.

Donc , la rue était en émoi

Quand je revins à ma demeure ,

L'après-midi d'assez bonne heure

On criait , on s'agitait fort :

Voulant me convaincre d'abord

D'où pouvait naître ce tumulte ;

Je vais en tout sens , je consulte ,

Messieurs , et je reste interdit ,

Lorsqu'un de mes voisins me dit

Sur la porte de son allée ,

Que ma maison s'est écroulée.

Domus mea debilitur.

En effet, le principal mur

Avait entraîné dans sa chute ,

Après une assez vive lutte

(Je suppose), un étage entier.

A ce bruit , les gens du quartier

Emus , tremblans , et fort en peine ,

Etaient accourus hors d'haleine ;

Quelques-uns d'eux , témoins du fait ,

Cherchaient la cause de l'effet ,

Il leur semblait inconcevable ,

Que cet accident déplorable ,

Fût un caprice du hasard.

Heureusement, j'appris plus tard

La vérité sur cette affaire ;

J'y vis d'une façon très-claire,

Que la vertu, messieurs, est une île sans bords.

On n'y peut plus rentrer lorsqu'on en est dehors (1).

Quand Corneille écrivait cette admirable phrase,

(Se tournant vers les accusés.)

Dont la vérité les écrase

Il ne se doutait pas qu'un jour,

Je l'emploierais devant la cour,

A propos de mon domicile.

Mais la remarque est inutile,

Venons au fait. Quelques témoins

Assez obscurs, mais qui du moins

En cette grave circonstance

Ne gardèrent pas le silence,

M'apprirent que les accusés...

Que voilà, s'étaient avisés

Sans frein et sans délicatesse,

De s'abandonner à l'ivresse,

Inconvénient social

D'où peut résulter tant de mal ;

(1) Boileau (Satire X.).

Et qu'en cet état déplorable
Une pensée abominable,
Circuit querens quem devoret
Les avait conduits à ce fait
De démolir mon domicile
Pendant que je dinais en ville.
Pour atténuer l'adjectif
Le trait me parut un peu. .... vif.
Au reste, Messieurs, qu'on en juge :
Car enfin, comment les reçus-je
Lorsqu'ils me furent présentés ?
Il n'est pas de civilités,
Messieurs, dont je ne les comblasse
En liqueurs comme en demi-tasse.
Ils étaient trois, quatre, cinq, six
Qui prenaient des leçons gratis,
Venaient s'installer dans ma chambre,
Depuis janvier jusqu'en décembre,
Sans donner un sol de loyer ;
Buvaient mon vin sans le payer ;
M'empruntaient parfois quelques nippes ;
Fumaient mon tabac dans mes pipes
Absolument comme à l'hôtel.
Tout ce qui peut flatter les désirs d'un mortel

Ils l'obtinrent de ma personne ;

Je les *mesuras* à mon aune

Et voulus tout leur accorder.

Hélas ! Il faut bien l'avouer

Et Molière a raison de dire :

L'amour ne peut se commander,

Mais heureux celui qui l'inspire. (1)

Bref, mes procédés généreux,

En résultat, m'obtinrent d'eux

L'ingratitude la plus noire.

Vous en savez toute l'histoire.

Je faillis perdre la raison

En face de mon ex-maison.

Murs, planchers, alcôve, mansarde,

Grande porte et porte bâtarde

Tout fut broyé sous leur marteau.

Ce fut un horrible tableau !

Car, Messieurs, Babylone, Thèbe,

Et les sombres bords de l'Erèbe

Ces lieux de désolation

N'étaient plus que distraction,

Comparés à cette ruine.

Je m'en approche... L'examine,

(1) *Gulnare*, opéra comique en 3 actes.

Et dirigeant enfin mes pas

Au milieu de ce grand ravage ,

Alors , *je demande Carthage,*

La cherche et ne la trouve pas (1) ,

Comme dit Monsieur Lamartine ,

Dans son voyage en Palestine.

Ce malheur vint me consterner...

Je sentis mon sang bouillonner

Dans cette indicible occurrence.

Car , j'aurais pu, dans ma vengeance,

Faire de ces trois insolents

Une brochette d'ortolans !...

Je *refoula* ma promptitude.

Mon âge , mon goût pour l'étude ,

Mes principes , ma dignité ,

Trente-deux ans de probité

Comme brigadier de gendarmes ,

De nombreux succès dans les armes ,

Tout me disait, hélas ! dans ces cruels instants :

Nous sommes dans un siècle et vivons dans un temps

Où par la violence on fait mal ses affaires (2).

Ces mots profonds et salutaires

(1) *Didon,* grand opéra.
(2) Molière (*le Tartuffe*)

Attribués à Montesquieu,
Le dirai-je, me tinrent lieu
De raisonnement péremptoire.
Il était à peu près notoire
Que l'on s'était... *fichu* de moi ;
Mais je m'étais fait une loi
De m'adresser à la justice.
Ceci n'a rien qui me flétrisse,
Car si tant de nobles esprits,
Que la sympathie environne,
Représentent dans leurs écrits
La *vertu* comme une couronne,
L'éducation (1), *Messieurs, est son plus beau fleuron* (2),
Comme dit M. Matheron.

LE PRÉSIDENT.

Eh ! vous avez parfaitement raison.

---

(1) Pour être plus correct nous pensons que M. Levaillant aurait dû dire :

« Représentent dans leurs écrits
« La vertu comme une couronne,
« Je crois que l'*éducation*,
« Messieurs, est son plus beau fleuron. »

(*Note du compositeur.*)

(2) Un littérateur Russe.

Le tribunal vous félicite
Sur votre excellente conduite.

(S'adressant aux nervis.)

Eh ! ben , v'entendes ? Que n'en dias ?

CASCAVEOU.

Lou counoueïssian.

LE PRÉSIDENT.

Lou counoueïssias ?
Es ensin quexpliqua l'affaïre ?
Alor vouriou sachu ce quoouria pousqu faïre
Sé l'aguessias pas couneïssu.

CASCAVEOU.

Pouden ren dire' aqui déssu.
Sabi que n'en sian pas l'encavo.
Et pui, moun cher, aquo' ès dé cavo
Qu'arriboun oou promié vengu !
Aven fa cé qu'aven pousqu
Per pas qué l'oustaou s'envenguessé ,
Sé quoouqu'un dé naoutreï restessé
Bessaï que serié' esta acclapa.
Coumpréné ben qué poudian pa

Sousténi l'oustaou quand toumbavo.

LE PRÉSIDENT.

Arrangeas assez ben leï cavo

Et sias presqu'ooutan fouar qué iou.

Cépendant siou fouesso curiou

Vous cachi pas, d'un paou entendré

Qu soun leï mouyens qu'ana prendré

Per pousqu vous tira d'aqui ?

CASCAVEOU (Après avoir réfléchi un moment.

Moussu Vaïant duguen sorti

Per ana dina'à miégeo léguo,

La veïo noun digué : « Coléguo,

Ze dois aller démain matin

Promenér z'avec Catelin ;

Si vous véniez dans l'intervallo

Pour mé garder z'un peu la sallo

Du temps de mes occupations.

Zé vous n'aurais d'obligations.

Qué n'en dites vous ? » Ieou, pecaïré

Aqueou jour aviou ren a faïre.

LE PRÉSIDENT (l'interrompant).

Crési qué varrivo souvent.

CASCAVEOU (Feignant de ne pas entendre).

Pui coumo fasié fouesso vent

Diguérian: tant voou faïré muso !
En passan davan la cambuso,
Oou Panier, chez moussu Davin
Prenguérian quoouqueï poués dé vin,
Treï portiens de buou à la daubo
Emé de doublo. Pui s'atrobo
Qué Bouscarlo vougué porta
Quoouqueï musclés qu'avié souta,
Emé un pareou de couyounado,
Per pousqu passa la journado,
Chez moussu Vaïant. Coumo' érian
En taoulo que déjunavian,
(Veniou dé durbi quoouqueï musclé)
Bouscarlo mi di, sente' a l'usclé.

LE PRÉSIDENT.

Avias douno alluma dé fué ?

CASCAVEOU.

Nani, maï sabè pas, la nué,
Dé fes què l'a quoouquo bulugo
Doou fugueïroun, qué s'arrapugo
A la chémineïo, dé d'haou,
Es dangeïrous quand fa mistraou.

Impatien de moun caratero,

M'adreïssi per veïré cé qu'éro.

A peino aviou fa quoouqueï pas.

Qué toumbo' un mouroun de gipas

Doou canoun de la chémineïo.

Penséri qu'érian à la veïo

D'un gros malhur: Prénien lou fun

Per la pooussiero doou curun,

Ero la sugeo qué tubavo!

Avan tout, la premiéro cavo,

Diguéri, si foou pa' estouna,

Messies! En qu servé d'ana

Querré leï poumpo de la villo?

Es dé précooutien inutilo;

Amouéssaren lou fué soulé.

Isso, enfants, fouèro vesto, allé!....

Préni la pinço, eou la féchouiro,

Quiqui la destarinadouiro,

Et si metten a ramouna

Tout dé long, coumo treï fena.

Leï maloun si désemparavoun,

Leï troué de queïroun roudélavoum;

Prenguérian tant l'affaïré à couar,

Rasclérian, piquérian tant fouar,

Qué la chéminéïo embrégado
En toumban, fagué' un'enfroundado
Oou béou mitan doou fugueïroun.
Maï ès pas tout, lou gros réboun,
Fagué crénia la muraïo.
La claou qu'éro din la saraïo,
Toumbé' oou soou. En la rabaïan
Pensavi à moussu Vaïant
Qnand veïrié' aquello catastropho !
Avian lou front rempli dé boffo,
Lou nas nous soounavo. Ero' égaou !
Sabian pas sé sérian fa maou,
Et si dérabavian l'escorço.
Per malhur érian pas dé forço !
Doou tem qué Quiqui soustenié
Lou fugueïroun qué s'envenié,
Bouscarlo' oou foun dé la cousino
Creïdavo : « Mi roumpi l'esquino,
Pouédi plus aganta' lou coou !...
La muraïo si garço' oou soou,
Sé mi vénè pas douna' ajudo ! »
Per lou léva dé l'inquiétudo
Li creïderi : s'as troou dé pés,
Eh ! ben, alor qu'a més à més.

Sé pouden pas soouva la plaço,

Pitoués, foou soouva la carcasso,

Garcen lou camp.— Si gitérian

Din leïs escalié, lampérian

A traver lou fun, la pooussièro...

Erian pa' enca din la carrièro,

Qu'oousérian, pin, pan, patapoun,

Un bru coumo un coou dé canoun...

Ero l'oustaou qué s'affounçavo,

Maï tamben lou fué s'amouessavo,

Et lou quartie' éro' en suréta.

Vaqui touto la vérita,

Su d'aquélo tristo' aventuro.

LE PRÉSIDENT (avec finesse et après un silence.)

Qué mestié fé?

CASCAVEOU.

Foou dé tinchuro.

LE PRÉSIDENT.

Alor aquélo proufessien

V'a fa manqua' uno voucatien

Mounté' oouria trouva vouestré complé.

Coumpousas assez ben leï conté

Et vous n'en foou moun coumplimen,

Dooumagi qué sian plus doou tem

Méssiés, quoou souen dé la troumpéto,

Leï maisouns toumbavoun souléto ;

Siou satisfa dé la façoun

Quavé' estudia vouestro liçoun.

Pas m'en , counvénè d'uno cavo,

Vouestré répertoiro baïssavo,

L'avès vougu' un paou varia,

Et vous sias touei très aparia

Per aquéllo bello èscapado.

Avant, passavias la journado

A vous proumena su iou Cous ,

Tiravias lou nas d'un gibous,

Roumpias leï bancs d'uno gargotto,

Coousigavias leï franciotto....

Ben qu'aquo siguessé pas maou ,

Lou resto' es pus oouriginaou.

Gita' uno meisoun oou soou... fouchou !

Avès maï fa que maistré Mouchou :

Poudès va creiré, et per ma part

Vous prouméti ben d'avé' esgard

En d'aquéllo bello conduito.

CASCAVEOU.

L'affairé duou pa' avé dé suito

Puisqué l'a dugun qu'a près maou.

LE PRÉSIDENT.

Et qu rébastira l'oustaou
Qu'és oou soou a l'houro présento ?
Séra ni vous ni vouestreï rento.
Viou quavé ben récounouissu ,
Leï servici qu'avès réçu.
Sias bravé, mai li sias pa' encaro.
Per ven poou distraire, tout aro
Un aoutré témouin va véni ;
Veïren s'oougearès sousténi
Qua tort dé s'estré vengu plagné.

CASCAVEOU.

Eh ! ben, lou bouen Dieou l'accoumpagné !

LEVAILLANT.

Encor quelqu'un de molesté !
Cette nouvelle indignité
Vient de me rendre à ma colère.
Il vaudrait mieux avoir affaire
Aux animaux de Wanamburk.

LE PRÉSIDENT (A Cascaveou.)

Assetas vous. Huissier, introduisez le turc.

Scène IV.

Les précédents. Bellamy, Dhurbeck, l'interprète provençal, l'orientaliste.

Le Turc s'avance péniblement, appuyé sur un vieux parapluie. Il est soutenu d'un côté par un vieux turc de ses amis, et de l'autre par son interprète assermenté qui est un littérateur provençal, muni de ses œuvres incomplètes en 17 volumes. Un orientaliste ferme la marche.

LE TURC.

Sabalrer !

LE PRÉSIDENT.

Que dit-il ?

L'ORIENTALISTE.

Il dit qu'il vous salue ,
Et qu'il a l'échine moulue.

LE PRÉSIDENT.

En effet, maintenant que je l'ai regardé ,
Ce turc me semble incommodé ,
Faites l'asseoir.

L'ORIENTALISTE.

Il est possible ,
Comme il a le dos très sensible ,

Qu'il désire rester debout.

LE PRÉSIDENT.

Essayez d'en venir à bout
En lui présentant une chaise
Et faites le mettre à son aise.

L'INTERPRÈTE provençal.

Bellamy, ti vouès assétAR ?
Anen, foou un paou assageAR.
Daïsé ! (Il le pose brusquement sur la chaise).

LE TURC , (Fesant un soubresaut).

Allà ! qui Dimitistrouffa !
Tou mi volir estrassar couffa ?

L'ORIENTALISTE.

Vous voyez, cela ne se peut.
On ne fait pas tout ce qu'on veut
Dans une occurrence pareille.

LE PRÉSIDENT (Avec bienveillance).

Eh ! bien, alors je vous conseille
De le placer commodément
En l'appuyant tout doucement,

Messieurs, en travers de la barre!

Les deux interprètes placent le turc à plat ventre sur la barre.
(Hilarité dans l'auditoire).

Bien que cette pose bizarre

Un instant puisse donner lieu

D'oublier le respect du lieu,

J'invite chacun au silence.

Sans cela, Messieurs, l'audience

Va continuer à huis-clos.

Quand les griefs seront éclos

Des faits que nous allons entendre,

Peut-être pourra-t-on comprendre

Qu'un sentiment d'humanité

Commande ici la dignité.

(A l'Orientaliste).

Veuillez exposer votre plainte.

L'ORIENTALISTE.

J'avancerai donc sans contrainte

Que le turc Bellamy présent,

Et que j'assiste en ce moment,

Victime de son imprudence,

Vient vers vous avec confiance,

Mettre à l'abri de vos arrêts

Sa personne et ses intérêts.

LE PRÉSIDENT.

Monsieur, nous lui ferons justice,
Croyez-le bien. Quel est l'office
Que vous remplissez près de lui ?

L'ORIENTALISTE.

J'ai voulu lui prêter appui
Comme simple orientaliste.

LE PRÉSIDENT.

Et Monsieur ?

L'INTERPRÈTE provençal.

                  Iou ? je suis artiste
Et traducteur assermenté :
Mon titre il est bien constaté.

LE PRÉSIDENT.

En ce cas, dans quel idiome
Traduirez-vous la plainte de cet homme ?

L'INTERPRÈTE provençal.

Ça m'est parfaitement z'égal ;
Je parle le français comme le provençal.

LE PRÉSIDENT.

Mon opinion est la vôtre :
Je crois que vous parlez aussi bien l'un que l'autre.

LE PRÉSIDENT , à l'Orientaliste.

Monsieur , veuillez prendre le soin
De faire parler le témoin.

L'ORIENTALISTE , se penchant vers le turc·

Aroun arba strim kouik partéba
Dick tar sod freck estrack arsèba.

LE TURC.

Ralla , Mossiou , questo couquin
Andar , venir , prendir bouquin ,
Bevir vino , poï touti quanti
Tenir dénari i négoucianti.

L'ORIENTALISTE.

Il dit , qu'il avait deux bouquins
Fort beaux ; et qu'un de ces coquins
(Pardon , si je cite le texte)
Vint le cajoler , sous prétexte
De les lui placer à bon prix.
Ensuite , après les avoir pris ,
Les accusés, s'il faut l'en croire ,
Lui dirent de payer à boire ,
Ce que fit le turc , dans l'espoir
De toucher le lendemain soir

Le montant de sa marchandise.

Par suite de cette sottise,

Il est dans un besoin urgent,

Privé de bouquins et d'argent.

DHURBECK. En voix de fausset.

Si, si, Mossio prendir bouquino

Di Bellamy, poï bévir vino.

LE PRÉSIDENT.

Il parle avec sincérité.

S'adressant à l'interprète provençal.

Est-ce bien là la vérité ?

La plainte est-elle bien traduite.

L'ORIENTALISTE.

Vous l'allez savoir tout de suite,

L'INTERPRÉTE provençal

(Après avoir consulté le 1er volume de ses œuvres-incomplètes),

Lou turc s'anavo prouménAR ;

Leïs nervis, lou vésent passAR,

Li venguérount marcandégeAR

Leïs bouquins per leïs fAR plaçAR.

Pueïs, après l'aveR fat pagAR,

Vounze pouets dé vin chez SicAR,

Ant féni per tout emportAR
Senso jamaï ren li dounAR.

LE PRÉSIDENT.

Oui, c'est parfaitement lucide,
Le témoignage coïncide.
Poursuivez.

L'ORIENTALISTE (se penchant vers le turc).

Alla, Babaàouik
Soldikoff oustou Ramaouik
Ournouf emir, Estrasabalta,
Ribir coussou salem ascalta.

BELLAMY (se relevant).

Questi couquin venir a mi
Et disir : Mossiou Bellamy,
Volir prestar per far il ballo
Vestimento di carnavalo ?
Allora, Bellamy donnir,
Couquin prendir et non rendir,
Poï far del miò vestimento.
Douï roba per tapar il vento ;
Moi plous rien. Il fredo prendir
Et non si potéva sortir.

L'ORIENTALISTE.

Vous devez à peu près comprendre
Les mots qu'il vient de faire entendre?
Il dit qu'au dernier carnaval
Quiqui, voulant aller au bal,
Vint lui demander son costume.
Croyant qu'il avait la coutume
De rendre ce qu'il empruntait,
Le turc donna le seul vêtement qu'il avait.
Trop funeste condescendance !
En retour de son obligeance.
Ces trois Messieurs eurent le cœur
D'aller porter chez un tailleur,
Au préjudice de leur hôte,
Turban, gilet, veste, culotte,
Pour s'affubler de ces effets
Que le tailleur aurait refaits.
Bellamy, couvert d'un vieux schalle,
Attendait.......Dans cet intervalle,
Le froid sévit cruellement.
Le turc, privé de vêtement,
Serait demeuré dans sa chambre,
Probablement, jusqu'en décembre,

Si quelques hommes généreux ,

Qui se cotisèrent entr'eux

Pour réparer cette fredaine,

N'étaient venus dans la semaine

Porter secours à Bellamy

De même qu'à son vieil ami.

DHURBECK (en voix de fausset).

Si , si , Mossio , questo birbano

Pigliar vestiment et turbano.

L'ORIENTALISTE.

Dans la bouche de ce vieillard

La vérité parle sans fard.

LE PRÉSIDENT (s'adressant à l'interprète).

Bien qu'il paraisse vraisemblable ,

Le fait est–il incontestable ?

L'INTERPRÈTE provençal ,

Après avoir consulté le 11me. volume de ses œuvres toujours incomplètes.

Tout aro n'en pourrès jugeAR.

Quiqui vouguent anAR dansAR ,

A la nueCH venguet empruntAR

L'habit doou turc per s'enmascAR.

Maï oou lueCH de lou rétournAR

Vo ben enca dé lou pagAR ,

S'ènanet lou faïré coupAR
Co d'un tailhur per lou portAR.
Lou turc, doou temps, fasiét lou quAR
Enviroouta dins un foulAR.
Lou freCH en lou fent réguinAR,
Fasiét toutis seïs dents couétAR
Hurousament qu'un poou plus tAR
Li dounérount per s'abillhAR.

L'ORIENTALISTE.

Vous le voyez, tout est conforme.

LE PRÉSIDENT.

Je fais traduire pour la forme.
Cela se fait ainsi partout.

L'ORIENTALISTE.

Hélas ! Monsieur, ce n'est pas tout !
Il me faudra beaucoup d'adresse,
De tact et de délicatesse.
Pour aborder certain grief,
Qui me commande d'être bref,
Et qui cependant, chose unique !
Veut absolument qu'on l'explique.

LE PRÉSIDENT.

De quoi s'agit-il ?

L'ORIENTALISTE.

Eh ! Mon Dieu !

Si j'étais dans un autre lieu,

Certes, il me serait facile

De trancher ce point difficile

En deux ou trois mots. Seulement,

Je puis vous dire en ce moment

Que le témoin, Messieurs, depuis une semaine

Ne peut plus marcher qu'avec peine.

LE PRÉSIDENT.

D'où peut donc provenir son mal ?

L'ORIENTALISTE.

D'un jeu cruel et déloyal

Qu'un magistrat du nom de Laty

Appelle vulgairement *Dati*,

Et dont ces trois mauvais sujets,

Pour mener à fin leurs projets,

Conçurent le dessein coupable.

Le moyen était détestable ;

Mais, comme ils voulaient tout oser,

Ils se permirent d'en user.

DHURBECK.

Si, si, Mossiou, si dounar dati

Coun al couin dal café Casati.

LE PRÉSIDENT.

Chez Casati ?

L'ORIENTALISTE.

C'est, en effet,
Un des nombreux endroits où s'est passé le fait.
D'ailleurs, si vous voulez permettre
Que le témoin parle, peut-être
Serez-vous beaucoup mieux fixé
Par lui, sur ce qui s'est passé.
Ce turc, imbu de son affaire,
La voit d'une façon si claire,
Qu'il l'explique très-nettement.
En suivant son raisonnement
Vous serez bientôt sur la trace,
Mossieu, de cet excès d'audace.

LE PRÉSIDENT.

Voyons.

L'ORIENTALISTE.

Bellamy, tou lévir,
Après disir cé qué sabir.

BELLAMY, se levant et debout.

Mi, caminava sopra' il porto,
Alli due, con caldo forto.

Allora comé mi passir,
Questi vénir et mi disir :
  Estar soultano
  Dopo lontano?
  Toun tafanari
  Vol di dénari.
  Li Dardanella
  Non son piu bella !
Mi ténir pantalon coulati.
Questi doui mi prendir
Et l'altro dounar dati.

L'ORIENTALISTE.

Il dit...

LE PRÉSIDENT.

    Très-bien, je le conçoi
La chose s'explique de soi.
Il faut constater ce scandale
Par la traduction légale.

L'INTERPRÈTE provençal,

près avoir long-temps cherché dans le 15e volume de ses œuvres de plus en
plus incomplètes.

Anfin, à forço dé cercAR,
Aï puëïs féni per va trouvAR.

L'a quinzé jours , prochi la mAR ,

Lou turc s'anavo prouménAR

Sus lou quay, afin dé cercAR

Et veïré sé poudiét trouvAR

Quoouqu'un qué vouguéssét croumpaR

Sa marchandiso, per chicAR.

Quand lou viguérount caminAR ,

Leïs nervis l'anérount cercAR ,

Et, coumo vouliét s'en anAR ,

Fénissérount per l'agantAR

Et per lou faïré réguinAR.

LE PRÉSIDENT.

Décidément, la langue provençale

Est une langue colossale.

Recevez mes remercîments

Pour avoir abusé, Monsieur, de vos moments ,

Et croyez bien que je persiste

A dire qu'il faut être artiste ,

Pour se montrer si gracieux ,

Si purement harmonieux.

Dans une telle circonstance.

En vous voyant à l'audience

J'ai deviné dans vos regards

Que vous deviez aimer les ARts

L'INTERPRÈTE provençal.

Les ARts, c'est une belle chose !
C'est un métier couleur de rose
Quand on le fait avec Bacchus,
Avec Zéphir, avec Vénus,
Apollon et tout le Parnasse.

LE PRÉSIDENT.

Où vous avez une si belle place.

L'INTERPRÈTE provençal,

Avec une fausse modestie.

Ah ! ç'anen......

LÉ PRÉSIDENT.

C'est un fait acquis.

S'adressant aux prévenus.

Ensin, résultarié noun soulamen d'aqui
Qu'avès près cé qu'éro pas vouestré....

CASCAVEOU.

Aven près cé qu'éro pas nouestré !

LE PRÉSIDENT.

Maï (et lou fait ès counstata)
Avés encaro mooutrata

Uno persouno innooufensivo.

BOUSCARLO.

Nani, li creïdérian : qui vivo !
Si viré, coumo éro surprès
Dé nous rescountra touteï très ,
S'estrémé dins uno boutigo.
Li férian un paou leï coutigo
Apéraqui. S'amusavian ,
En risen lou gassaïavian :
Maï l'aven jamaï près dé poupo ,
A maï d'espino qué de poupo.
Si sérian estroupia leï dé ;
Aro qué n'en a lou poudé ,
Conto leï cavo à sa manièro ;
Dis pas qu'ès éou qué per carrièro
Noun courrié toujour à l'après.
Duria veïré qué va fa' esprès
Afin qué quoouqu'un l'accoumpagné.

LE PRÉSIDENT.

Alor perqué s'ès vengu plagné ?

CASCAVEOU.

Qu va soou , per fa lou blagur.
Soun tant couquin aquéleï tur !

LE PRÉSIDENT.

Hurousamen, certaino péço
Qu'ès parvengudo à moun adrésso,
Oou tribunaou, l'a qu'un moumen,
Vous prouvara suffisammen
Qué mentès jusqu'à l'évidenço.
Vous n'en voou douna counouissenço.

lisant.

« Nous, soussigné, docteur Martin
Certifions qu'hier matin,
Nous étant rendu de bonne heure
A *Rompe-Cul*, (1) dans la demeure
D'un turc, appelé Bellamy,
Lequel loge avec son ami,
Avons reconnu que sa plainte,
(Que l'on supposait être feinte)
Ne manquait pas de fondement.
Nous avons vu distinctement,
Après un examen fort sage,
Qu'il existait certain ravage
D'un sens extrêmement précis
Vers les régions du coxis,

(1) Ancienne rue de Marseille qui depuis quelques années a pris le nom de rue Beauregard.

Provenant d'un acte palpable

Excessivement condamnable.

D'accord sur ledit fait avec monsieur Gazant

Nous avons signé le présent.

Aux prévenus.

Aï pas bésoun dé v'expliqua lou resto.

Aquo soun dé manièro' hoounesto.

L'avès talamen forgouna

Qué poou quasi plus camina.

BOUSCARLO.

Ah ça voueï ! tout aquo ès dé ruso.

Foou ben qué prengoun uno escuso.

Aquéou tur, en toumban oou soou.

Si séra douna quoouqué coou

Oou béou mitan dé la boussolo.

A lou bouchoun à la rigolo,

Aro qué si vi soustengu.

Voulè jugua qu'agué bugu ?

Saben qué partout mounté passo,

Cadun di qu'ès un ibrouinasso,

Un espéço dé sac dé vin,

Et qué déxo-noou jou su ving,

Si rémouquo dins leï taverno.

Si creï d'avé gagna' un quaterno

Per n'estré vengu dénounça.

Aquo ès per noun récompensa !

A la suito d'uno riboto,

Li prengué'un oouciden dé croto.

En bordégean d'eïci d'eïla,

S'esparloungué dins un vala.

Fasié restranglo eï Picapuço ;

Lou portafaï dé moussu Luço

Noun pourrié servi dé témouin.

Dreïssérian aquestou malouin,

Lou portérian su leïs espalo

A la carriero dé l'Escalo

Mounté restavo eïs aoutreï coou ;

Et li laïssérian quoouqueï soou

Per si fa faïré dé tisano ;

Répassérian din la sémano

Per veïré sé li foulié ren.

Cinq jour après, quan sigué ben

Lou ménérian dina chez Rocho,

Despendérian dé nouestro pocho

Très francs dex. Ensin jugea' un paou

Sé l'oourian vougu fa dé maou.

Maï tout aquo soun dé gusaïo,

Dé marrias qu'an ni soou ni maïo ;

Prénoun quatré marri bouquin ,
Doui pantouflos dé marrouquin ,
D'éssenço dé roso qu'entrono ,
Pui , quan li démanda : *star bono* ,
Dien qué voou miès qu'a Démoussian.

CASCAVEOU.

Si fan passa per négoucian....

BOUSCARLO.

Dé négoucian de péou d'anguièro ,
An maï dé puou qu'un chin dé nièro ;
Quan saboun plus mounté passa
Alor vous vénoun dénounça.
Inventoun cent millo impousturo ,
N'en dien dé verdo ' et dé maduro ,
Per si faïre pagua leï frés ,
Leï doc. umagi deïs intérès ,
Agantoun l'argen , pui lou buvoun
Senso' ana' acquita cé qué duvoun ;
En doueï mots vaqui lou mestié
Daquèleï douï faribuslié.

LE PRÉSIDENT,

A n'aquéou conté ès vous quoourria réçu un'ocuffensso
Et démanda per récoumpenso

Uno réparatien ? Eh ! ben ,
Tout aro vous la dounaren ,
Poudès vous prépara'à la prendré
Et li perdrès ren per attendrè.

S'adressant aux deux interprètes.

Maintenant , Messieurs , avec soin
Veuillez affranchir le témoin
D'une pose extra-naturelle,
Qui lui fait éprouver une gêne réelle ;
Et vous aurez bien mérité
Par cet acte d'humanité.

S'adressant aux nervis.

Ah ! voulès què vous récoumpensoun ?
Es justé, la dé gens qué pensoun
Qué fourra 'ajusta quoouqu'aren
Mumé en cé qué vous dounaren.
Lou déxo—noou din la souarado
Avès maï mès su la bugado ,
Oourias émé vouestré coutéou
Coupa lou cablé d'un batéou
Per ana soupa à la *Réservo.*
Aqui , m'an dit qu'érias en vervo.
Avès mangea senso pagua.
Coumo serquavias d'alargua

Lou batéou, per prendre la fuito,
Venguéroun à vouestro poursuito ;
Lou maistré vougué mounta à bor
Per avé soun argen ; alor
Coumo vous ténié, per la mancho,
Faguéria resquia uno plancho
Et lou gitérias din la mar.
Et ! ben ? espéri qu'aquo 'es clar.

BOUSCARLO.

Loourian pagua din la sémano ;
Maï creïdé, vougué fa lou crano,
Piqué, mandé dé coou dé pé,
Alor perdérian lou respé,
N'avié fa piqua v'un dé mourré.

LE PRÉSIDENT.

Dias pas qu'en vous méten à courré
Oouria réçu per vouesto par
Un coou dé brócho ver la mar.
En passant ven foou la rémarquo ;
N'en pouden pas veïré la marquo ;
Car en vous poursuiven dien qué vous a 'aguanta
A n'un certen endrè qué v'en sias pas flatta.

En débarquant dé la Réservo
Mounté sia 'ana ?

BOUSCARLO.

Oou café Minervo.

LE PRÉSIDENT.

Bon , ooumen viou émé plaisi
Qué lou noum èro ben choousi.
Mountès aquélo tabagio?

BOUSCARLO.

Aqui darrié la Coumédio ,
Quan avè vira lou cantoun,
Chez moussu Brun.

LE PRÉSIDENT.

Boueno maïsoun !
Aquito avès maï fa deï vouestro.

BOUSCARLO.

Su biué partidos qu'éroun noustro
A siei liars , fasié dougé soou,
Moussu Brun noun disié qué ni n'en duvian noou.

LE PRÉSIDENT.

Aquéou fait ès pas vraisemblablé
Veïci cé quès pu véritablé.

Lavés bugu soun aïgarden ,

Et pui d'un coou dé poun l'avès roumpo uno cen.

CASCAVEOU.

Ero' uno den qué boulégavo.

LE PRÉSIDENT.

Alor ès plus la mumo cavo.

Va conçubi. Lou tribunaou

Appréciara 'aquéou prépaou.

Après une pause et en élevant la voix.

Je recomande à l'auditoire

D'être décent, et j'aime à croire

Que nul ne se rendra coupable à cet effet

Par quelque motif que ce *sait.*

Si quelqu'un troublait le silence

Qui doit régner à l'audience,

Je sévirais contre l'interrupteur.

La parole est au défenseur.

L'avocat se lève lentement , met ses lunettes avec toute la gravité que comporte la circonstance, dispose quelques papiers, tousse , se recueille un instant et commence sa plaidoirie avec une grande solennité.

Messieurs , quand mon regard mesure cette enceinte

Où règnent à la fois l'espérance et la crainte

Sur un public bruyant et calme tour à tour ;

Il faut l'avouer sans détour,

Je ne compris jamais mieux que dans cette affaire
    La grandeur de mon ministère.
    Messieurs, voici trois jeunes gens
    Affectueux, intelligents,
    Qu'un inconcevable caprice
    Du sort, met devant la justice.
Or, il faut les sauver, Messieurs, voilà le hic !
    Car, le ministère public
Dans le plus solennel de ses réquisitoires
    A signalé comme notoires
    Des faits extrêmement honteux
    Qui, s'ils étaient vrais, feraient d'eux
    Une horde d'anthropophages.
    J'aime à croire qu'ils sont plus sages
    Qu'on ne vous les a présentés,
    Messieurs, car, les faits rapportés
    Qui vous paraissent sans excuse,
    Fourniront, si je ne m'abuse,
    Plus d'une contradiction
    Pendant cette discussion :
    Surtout, Messieurs, si je m'applique
A faire ressortir le sens philosophique
    Des délits à nous imputés :
    Il est, parmi les vérités

Dont s'enorgueillit la morale,

Une vérité générale,

Immuable dans ses effets,

Qui, partant d'un ordre de faits

Mystérieux et symbolique,

Demande avant tout qu'on l'explique

Avec clarté dès le début.

C'est pour arriver à ce but,

Que j'ai voulu fixer d'avance

Quelques points de jurisprudence,

D'un auteur mainte fois cité,

Que nous avons tous médité,

Et dont l'opinion, Messieurs, entr'autre chose,

Doit jeter, selon nous, un grand jour sur la cause.

Voici ce passage éloquent

Du docteur Wanwer-Fichtonkant :

« Les époques qui suivent, accompagnent ou précè-
« dent les grandes dissolutions, ou mieux les intervalles
« lucides de l'histoire morale de l'humanité, sont unies
« entre elles par une suite de faits divisés, variables, et
« dont le chaînon mystérieux, le faisceau symbolique
« s'étend comme une indestructible réseau sur les sur-
« faces polies, mais glissantes de la civilisation. Disons-
« le même, au risque de blesser quelques susceptibilités,
« ce n'est point sans une grande raison que la doctrine

« des semi-pélagiens a été ressuscitée de nos jours par
« un habile penseur de nos amis. Cela est si vrai, qu'al-
« léchés à ces prémices victorieuses d'un succès de bon
« aloi, on a forcé les conséquences, et depuis, les causes
« indentiques ont agi à l'inverse des prévisions indenti-
« ques ; le fait s'est étendu, et la rapidité de son effet a
« eu lieu réciproquement. »

> Maintenant, si l'on nous concède
La vérité, Messieurs, de tout ce qui précède,
> Nous renverserons aisément
> Par un simple raisonnement,
> Net, concis, pressant et logique,
> L'argumentation magique
> D'un système adroit et subtil.
> Car, enfin, de quoi s'agit-il,
> Messieurs, pour être ainsi victime ?
> —On fait consister notre crime
> Dans un attentat fait aux mœurs
> Sur le cours Saint-Louis.— Ailleurs
> L'accusation, ce me semble ;
Dit que les prévenus se sont ligués ensemble
> Sans but, sans motifs, sans raison,
> Pour démolir une maison.
> —Ensuite, un musulman paisible,
> Par un acte répréhensible

Aussi cruel que déloyal,

Aurait subi, Messieurs, un avant goût du pal.

— De plus, on a cité le fait de la Réserve,

  — La scène du café *Minerve*,

  — La destruction d'un chat noir,

  — Puis, après ces coups de boutoir,

L'accusation veut en outre

Nous susciter, Messieurs, une affaire de poutre

Abordons les poutres d'abord.

Il existe en face du port,

Messieurs, le quai de Rive-Neuve.

Ce fait n'a pas besoin de preuve

A notre avis. Eh! bien, c'est là,

Que les jeunes gens que voilà

Auraient, soi-disant par malice,

Accompli certaine injustice,

En poussant des pièces de bois

Dans le canal... Ici, je dois

Constater avant tout que leur forme était ronde,

Fait avéré de tout le monde.

Je sais bien que Bouscarle a dit qu'on les cogna,

Mais il ajoute aussi : « *lou soou èro bagna.*

Certes, personne ne l'inspire?

Ero bagna ! mais c'est-à-dire ,

Le sol, Messieurs, était mouillé

De toutes parts, glissant, souillé,

Imprégné d'une boue excessivement claire :

Alors quoi d'extraordinaire

— Qu'un simple mouvement ait conduit à la mer

Les trois poutres gisant au bord du quai ?... C'est clair !

D'ailleurs, Messieurs, qu'on le remarque :

Mes trois clients portent la marque

De leur dévoûment généreux.

Le plus intrépide d'entr'eux

A failli devenir victime

D'un scrupule peu légitime,

En voulant arrêter le cours

Des poutres qui roulaient toujours.

Dans leurs tentatives extrêmes,

Messieurs, ils vous l'ont dit eux-mêmes :

« *Si li métérian proun davan,*

Per qu'anessoun plus dé l'avan.

Per malhur avien près l'abrivo ;

Tout lou chantié dé moussu Ooulivo

Sérié vengu., qu'oourié ren fa.

Et cœtera, et cœtera.... »

Si donc les gens du sieur Olive,

Parmi lesquels une vigueur active
Réside, et si tant d'hommes forts
Auraient tenté de vains efforts,
Messieurs, que vouliez-vous que fissent
Ces trois jeunes gens? Qu'ils périssent?
Et quant aux *voies de fait* dont parle le plaignant
Nous les nions formellement !!!

Mais, Messieurs, la seconde charge,
Nous laisse encore un champ plus large
Pour détruire complétement
Cet inconcevable argument,
Qui nous impute le scandale
D'avoir outragé la morale...
Outrager la morale? en quoi,
S'il vous plaît?... Comment, et pourquoi?...
Est-ce en nous promenant sur le Cours? qu'on réponde?
Mais le Cours appartient, je crois, à tout le monde,
Messieurs, quand on s'y conduit bien...
Et pour nous, je pense que rien
N'est venu prouver le contraire.
On a voulu dans cette affaire
Changer les situations,
Détruire les positions,

Et faire d'un acte louable
Une action très-condamnable.
Mon client était sur le Cours
Où d'habitude, tous les jours,
Il venait fumer son cigare.
Par un hasard assez bizarre,
La jeune fille dont les yeux
Attirait Quiqui dans ces lieux,
(Car Quiqui n'en fait pas mystère)
Venait de laisser choir à terre
La fleur qu'elle tenait à la bouche ; aussitôt
Quiqui la ramasse, et bientôt
Il la remet à son adresse.
Par un surcroît de politesse
Il ajoute à ce trait charmant
Ce petit bout de compliment :
« *En vérita, madameïsello*
Senso menti, sia la pu bello
Dé tout lou Cous. Despueï d'un an
Mi prouméni darrié lou ban
Afin dé vous pousqu'un paou veïré.
Escouta : Sé mi voulia creïré,
Si durrian marida touï dous. »
Eh! bien, Messieurs, qu'en dites-vous

Et que vous semble de cet homme?...
De nos jours, est-il gentilhomme,
Duc, marquis de haute maison
Portant de gueule à son blason,
Plus expert en galanterie?....
Mais ce n'est pas tout. Je parie
Que nul de vous n'a retenu
Ce mot charmant du prévenu
Qui lui seul doit changer les rôles,
Lorsqu'il ajoute à ces paroles :
« *Si durrian marida toueï dous :*
« *Sé touto fés ès vouesté gous !* »
Rare et sublime intelligence !
Respectueuse déférence !
Eh bien, que croyez-vous qu'on lui réponde alors?
Voyons, j'en appelle aux plus forts?
J'interroge le plus habile?
Je vous le donne en cent, je vous le donne en mille
En dix mille, en vingt mille, en cinq cent mille fois ?
Alors on lui répond, je crois,
D'une manière assez brutale
Ainsi qu'on le fait à la halle :
Arléri tira vous d'aqui !!!
Oui, Messieurs, le fait est acquis !

Encor si ces vaines paroles ,

Aussi méprisables que folles

N'avaient pas eu de résultats pour nous !

Mais des propos l'on vient aux coups.

Et mon client dans cette affaire

En a reçu ! C'est chose claire :

Coups de la femme Pignatel ,

Coups nombreux de Rose Poussel ,

Coups réitérés de sa fille ,

Coups réunis de la famille ,

Mon client a tout supporté

Avec courage et dignité. ...

On se plaint d'avoir eu , Messieurs , dans la mêlée

Quelque marchandise foulée.

Puéril inconvénient ,

Auprès de ceux qu'a subis mon client ,

Dont on a déchiré la veste !

Jetons un voile sur le reste. ...

Et rendons-nous libre du soin

De pousser les preuves plus loin.

En jeune homme prudent et sage,

Quiqui voulait le mariage:

Si durrian marida touï dous ,

Sé touto fès ès vouesté gous !

15

Sont-ce là des paroles claires ?

Maintenant , que nos adversaires

Traitent Quiqui d'homme immoral,

Ça m'est parfaitement égal.

J'ai montré jusqu'à l'évidence

La preuve de son innocence ;

J'ose le dire avec orgueil ,

Pour le reste je m'en bats l'œil ! ! !

Toutefois, je le sens, il faut que je m'observe,

Car, si du Cours , Messieurs , je viens à la Réserve ,

Je n'en sortirai point sans avoir constaté

Des actes de brutalité,

De même que certain scandale

Dont s'afffige ici la morale

En faveur des trois prévenus. ...

Ces jeunes gens étaient venus

Manger un morceau chez Ignace.

Le couvert mis , ils prennent place

Et soupent. Après le repas,

Il est certain qu'ils n'avaient pas

De quoi payer. Mais leur parole ,

Messieurs , n'avaient rien de frivole ,

Quand ils promirent que jeudi
Ou bien au plus tard vendredi
Tout serait soldé ! Pour réponse
On crut devoir leur faire une semonce
En termes très-peu mesurés.
C'est alors que désespérés
Par ce traitement incroyable,
Tous trois se levèrent de table
Et l'un d'eux se mit à courir.....
Imprudent !...—Sans l'en prévenir
Un des garçons prend une broche,
Court, le poursuit de proche en proche,
Et lui porte un coup déloyal
Dans le système oriental.....
Eh ! bien, que dites vous de cette représaille,
Messieurs ? Croyez-vous qu'elle vaille
Le prix de la carte à payer?...
Je dis plus ; il faut avouer,
Qu'en présence de cette audace,
On aurait fort mauvaise grâce
De rappeler même à demi
Les *Dati* du turc Bellamy .
Relativement à ces *dati*
On vous a cité Monsieur Laty;

Témoignage au moins fort suspect
A propos duquel mon respect
Pour la haute magistrature ,
M'interdit toute conjecture. . . .
D'ailleurs , Messieurs , l'intimité
Autorise par fois certaine privauté :
Qnand on vit tous les jours ensemble
On doit comprendre, ce me semble ,
Qu'il est permis de plaisanter ,
Que diable ! au lieu de s'irriter ,
Au lieu de dire *l'on me frappe*
Pour avoir enduré quelque petite tape,
Un petit coup sur le turban.. . . .
Pour si peu faire un tel cancan !
Se fàcher quand il faudrait ri re
Ah ! je ne connais rien de pire !
Or c'est l'histoire du témoin.
Messieurs , il vit venir de loin
Quiqui , Cascaveou et Bouscarle,
Lequel vous dit (c'est lui qui parle
Avec ce ton de vérité
Si rempli de naïveté) :
S'estrémé dins une boutiguo,
Li férian un paou leï coutiguo.

C'est-à-dire un chatouillement
Inoffensif (amusement ,
Messieurs, plus ou moins en usage
Chez des jeunes gens de leur âge).
Il est vrai que le turc a parlé vaguement
De bouquins et de vêtement....
Quant à ces bouquins, je me borne
A dire qu'ils étaient en corne :
Cela ne valait pas six sous.
Pour les vêtemens , dites-nous,
En voyant l'état déplorable
Où se trouve ce misérable ,
Peut-on fonder quelque crédit ,
Messieurs , sur ce qu'il vous a dit ?
S'il fallait compter les services,
Les procédés, les bons offices
Que ces turcs adroits et rusés
Ont obtenu des accusés ,
Il nous faudrait plus d'un volume....
Oui, Messieurs, encor notre plume,
Quelque précise qu'elle fût ,
Resterait en deçà du but.
Mais alors, dira-t-on, Messieurs, qui peut contraindre
Le témoin à venir se plaindre ?...

— Je ne sais....De fâcheux conseils

A lui donnés par ses pareils

L'auront conduit sans doute à ces actes blâmables.....

Dans ses espérances coupables

Peut-être a-t-il voulu tirer gloire et profit

Des résultats de ce conflit?......

Au surplus, je vois avec peine

Parmi les incidens dont cette cause est pleine,

Que le ministère public

Formulant certain pronostic

A souvent manqué de réserve.

Ainsi, pour le café *Minerve*,

Par exemple, il est évident

Qu'on a cruellement outragé mon client.

Car peut-on insulter un homme

Pour une misérable somme

Je crois, de douze ou quinze sous?

Je vois un piége là-dessous!....

L'adversaire, pour se défendre,

Messieurs, a beau vouloir prétendre

Qu'on l'aurait privé d'une dent.....

Je soutiens qu'il est imprudent

D'alléguer une telle excuse!

Il est certain qu'on vous abuse

En voulant produire au débat
Une dent en mauvais état....
Cascaveou l'a dit d'un ton grave :
Ero uno den qué boulégavo.
Et quand même.... Allons franchement !
J'admets qu'il en soit autrement,
Je veux que la dent emportée,
Après tout, ne fût pas gâtée....
— Elle aurait pu le devenir
Tôt ou tard !.....Alors prévenir
Le mal, Messieurs, n'est point un crime,
C'est un moyen digne d'estime.
C'est comme aussi pour le chat noir,
L'accusation fait valoir
Ce fait comme un délit énorme.....
—Si j'en parle, c'est pour fa forme,
Car le fait, tel que je le sens,
Je l'ai tourné dans tous les sens,
Oui, Messieurs, sans que j'aperçusse
Dans ledit fait de quoi châtier une puce.
On s'est de plus scandalisé
D'un mot patois de l'accusé,
Quand il vous dit avec franchise
D'une manière si concise :

Ero un ga nègré. — Evidemment

Il était noir, Messieurs. Même indépendammeit

De cet absurde et vieil adage

Lequel toléré par l'usage

Veut que la nuit tous chats soient gris.

Il était noir; et, je le dis,

Ce mot si simple en apparence

Est bien plus profond qu'on ne pense,

Car les chats ne sont pas égaux,

Messieurs ! Parmi ces animaux

D'allure et de couleur tranchantes :

Il en est, voyez-vous, d'espèces différentes,

Les blancs sont doux, les gris charmais,

Les roux gentils et prévenans.

Pour les noirs, oh ! c'est autre chose !

Surtout, Messieurs, à la nuit close :

Car leur pusillanimité

Surpasse leur voracité !

Insoucians par caractère,

Poltrons, ils ne s'occupent guère,

Comme c'est leur devoir, de courir-sus aux rats

Qui se livrent ensemble à d'horribles ébats

Dans les environs de la halle.

Sans parler ici du scandale

De ces larcins audacieux

Qu'ils vont se partager entr'eux,

Métier désavoué. brigandage commode

A l'abri des lois et du code !....

Et maintenant brisons ici

Sur ces chats-là, comme sur ces chats-ci.

D'ailleurs, il s'agit d'autre chose,

Car nous touchons au point important de la cause,

Il faut répondre à tout comme dit Figaro,

On a crié sur nous *haro ;*

Blamé, flétri notre conduite.

Cet acharnement insolite

Vient de ce qu'ils auraient, dans un but malveillant,

Démoli la maison de Monsieur Levaillant.....

—Or, Messieurs, depuis une année

Cette maison est condamnée.

En butte à tous les coups de vent,

Sise près des Moulins (avant

Que l'on soupçonnât l'existence

Des susdits moulins), sa présence

Vexait justement les voisins

Qui s'attendaient tous les matins

A voir crouler cette masure....

Eh ! bien , lorsque par aventure,

Et grâce à notre zèle, à notre activité...

Le quartier des Moulins se trouve en sûreté.

Croyez-vous qu'on nous remercie ?

Du tout ! On nous traque, on nous scie ,

Méconnus, vexés , tracassés

Nous sommes aujourd'hui placés

(Qu'on nous passe le mot) dans le cas fort étrange

D'un fragment d'écorce d'orange

Dont on vient d'enlever le zest :

Or , *is fecit cui prodest.*

Si l'intérêt est la mesure

Des actions , je vous conjure ,

Messieurs , de me dire en effet

Quel pouvait être l'intérêt

Des prévenus dans cette affaire ?

En se montrant ingrats auraient-ils voulu plaire

Au brave Monsieur Levaillant ,

Lui , dont l'accueil si bienveillant ,

Rompit par fois plus d'une digue

Lorsqu'il fallut être prodigue

De soins délicats , généreux ,

De bons procédés envers eux ?

Serait-ce encor la vaine gloire

D'être les héros d'une histoire

Où l'action et le propos

Jouent les rôles principaux ?

Ou bien, enfin, faut-il le dire ?

Auraient-ils poussé le délire

Jusques à ce degré fatal

De faire le mal pour le mal ?...

Ah ! n'en croyez rien, je vous prie !

J'entends une voix qui me crie :

L'ambition, la haine et la fureur

Sont des penchants inconnus à leur cœur.

A l'amitié toujours fidèle,

Ils ont péché par trop de zèle.

Voyez plutôt : le mois dernier,

C'était le deux ou le premier....

(Se tournant vers les accusés.)

Le deux ? — le deux. Je suis bien aise

De préciser le jour, car, dans notre hypothèse

Tout doit être bien arrêté.

Monsieur Levaillant invité

Par un homme d'un certain âge

Vint voir les prévenus et leur tint ce langage :

« Je dois aller demain matin

Déjeuner avec Catelin ;

Si vous veniez dans l'intervalle

Pour me garder *z'un* peu la salle

(Ne changeons rien) du temps de mes occupations

Je vous aurais d'obligations. »

Certes, ils auraient pu lui dire :

Bien que chacun de nous désire

Vous être agréable, pourtant

Nous n'avons pas un seul instant...

Nous sommes pressés... Une excuse

Quelconque, enfin, et dont on use

Lorsqu'on veut se débarrasser

D'un importun qui vient vous relancer.

Eh ! bien, non, Messieurs, au contraire !

Car, dans la crainte de déplaire

A leur aimable hôte, aussitôt

Ils se préparent, et bientôt

Ils s'engagent entr'eux d'une voix spontanée

A lui consacrer leur journée.

Alors, en passant chez Davin,

Ils prennent du bœuf et du vin,

De la double, du coquillage,

Des poires, des noix, du fromage,

Enfin de quoi faire un repas ;
Et vont ensemble de ce pas
Incontinent remplir leur tâche.
— Tout cela, Messieurs, que je sache,
Est fort louable assurément ..
Arrivés dans l'appartement
On déjeune, mais (fait bizarre !)
Au dessert le feu se déclare...
Or, à partir de ce moment,
Il n'est acte de dévoûment
Dont les accusés n'aient fait preuve :
Que la maison fût vieille ou neuve,
Peu nous importe ; il est certain
Qu'ils ont vu, le deux, au matin
Plus de périls qu'en vingt batailles !
Ils ont joint des plafonds, soutenu des murailles,
Étançonné des potagers,
Calfeutré des portes... Dangers
Réels, nombreux, incontestables,
Dont les conséquences probables
N'étaient rien moins que le trépas !...
— Hélas ! ils ne s'attendaient pas,
Lorsqu'ils se vouaient au silence,
Par modestie et convenance,

Qu'un jour on pût leur dire au nez :

Eh bien ! mes amis , vous venez

A l'instant, tous les trois , d'éteindre un incendie ?

Laissez donc , vous avez joué la comédie !....

    — Détestables paroles !!! Eux

    Jouer la comédie?.... Ah ! Dieux !

    Croyez qu'ils en sont incapables.

    Voilà comment des faits louables....

    Méprisés , raillés , méconnus ,

    Se trouvent mêlés , confondus

    Avec l'impudeur et le vice !

    Cet acte de haute injustice

    Contient plus d'un enseignement

    Dont l'honnête gouvernement

    Qui depuis onze ans nous oppresse....

LE PRÉSIDENT.

Avocat , rentrez dans l'espèce.

L'AVOCAT.

Mais je ne m'en écarte point ;

Je pense, en discutant ce point ,

Car ici je pourrais sans peine

Etablir de source certaine,

Sans excuse, sans faux-fuyans,
Que l'affaire de mes cliens
Est une affaire politique!....
On ne veut pas que je m'explique
A cet égard, mon Dieu c'est bien,
Messieurs.... Je ne dirai plus rien....
Mais, si je garde le silence,
L'opinion saura ce qu'il faut qu'elle en pense.....

Quoiqu'il en soit de tout ceci,
Il nous faut distinguer ici
Entre arrêter un incendie,
Et jouer une comédie,
Si l'on veut que l'honnêteté
Soit toujours une vérité.
Plusieurs témoins (que je récuse)
Ont donné, je crois, pour excuse
Qu'au moment où les murs croûlaient
Bouscarle et Cascveou riaient.....
—Au fait qu'est-ce que cela prouve?
Bien plus, le reproche se trouve
Venir en aide aux accusés:
Nobles cœurs fortement bronzés,

Que n'abandonne pas même au sein de l'orage
L'insouciance de leur âge !
Sur son vaisseau brisé tel Vernet sans pâlir
Etudiait le flot prêt à l'ensevelir.
C'est ainsi que le sage en lui se réfugie ;
Son adversité même accroît son énergie...

Son doute, Monsieur Levaillant,
Lui si doux et si bienveillant,
Si généreux, si magnanime,
Aurait placé dans son estime
Et dans son cœur les prévenus,
Si, le deux, il les avait vus
Tous trois protégeant sa demeure.
Il le pouvait, Messieurs, en rentrant de bonne heure.
Par malheur il revint trop tard...
Loin de nous toutefois de blâmer ce retard
Imposé par la circonstance.
On se laisse entraîner par un ami d'enfance....
On dîne.... Après avoir mangé,
On cause....Une fois engagé
On cause encor... On fume...On joue...
Et l'on finit tant bien que mal
Par s'endormir comme Annibal
Dans les délices de Capoue !

Nam, jura prosunt vigilantibus
Messieurs, *non dormientibus.*
Oui ! je le dis car je le pense,
Messieurs, au moment où la France
Fait un appel à ses enfants ,
N'est-il pas douloureux pour ceux que je défends
De voir leur jeunesse flétrie ,
Sans qu'il leur soit permis d'en doter la patrie !
Car , après tout, s'ils ont démoli la maison ,
Combien , à plus forte raison,
Leur valeur serait inouïe
En face des carrés d'une armée ennemie :
On le voit par ce qu'ils ont fait.
Mais discuter un pareil fait
C'est frustrer en bonne logique
Le comité de Statistique
Et les statisticiens , ces savans spéciaux
Illustrés par de longs et glorieux travaux !
Car nous aimons les arts... Nous aimons l'industrie...
Nous aimons nos clients.... Nous aimons la patrie....
La patrie ! Ah ! Messieurs, saurait les enflammer
Contre les ennemis qui voudraient l'opprimer. ....
La patrie ! ! A ce mot ils ont bien de la peine
A contenir l'élan , qui tous trois les entraîne !...

La patrie   autrefois par d'immortels succès

Fit craindre et respecter partout le nom français !

Ma raison sur mes sens abdique son empire

Quand se déroule en moi l'époque de l'Empire....

En la prenant, je l'ouvre au hasard, et je lis :

Marengo, Montmirail, Champaubert, Austerlitz,

Wagram, Moscou. Leipsick, Vienne, Schœnbrum, Arcole,

Ulm !!! où l'ennemi fit une si rude école,

Et mille autres climats où la voix du canon,

      Porta ce nom : Napoléon !!! ....

Car, c'est lui qui, pareil, à l'antique Ancelade,

Du trône universel essaya l'escalade,

      Qui vingt ans entassa

(Remuant terre et cieux avec une parole),

Wagram sur Marengo, Champaubert sur Arcole,

      Pelion sur Ossa......

    L'avocat un peu embarrassé feint de chercher quelques papiers.

Champaubert... Pelion... Ossa... Que sais-je encore ?

Du nord... jusqu'au midi... du couchant... à l'aurore,

        D'une voix formidable.

Au bout de l'univers... Oui... sans doute, Messieurs !!!

        En montrant les nervis.

Voulez-vous les rendre meilleurs,

Et leur faire embrasser avec idolatrie ,

Tout ce qui pourrait être utile à leur patrie....

L'avocat s'attendrit par degrés.

Alors montrez-vous indulgens ,

Et rendez ces trois jeunes gens ,

L'un à sa sœur , l'autre à son frère ,

Quiqui , Bouscarle et Cascaveou essuyent une larme.

Le troisième à sa vieille mère.

M. Levaillant paraît profondément ému.
L'avocat avec une chaleur de plus en plus croissante et la voix
altérée par les sanglots.

Et tous , à leurs amis désolés , éperdus ,

Qui rodent dans les pas perdus ,

A ces amis, nombreux.... Qui depuis...leur enfance....

Avaient toute leur confiance....

Ces amis... dévoués... nobles et généreux....

Prêts à donner leur sang pour eux...

A ces amis... Encor... Qui d'une voix émue....

Demandent leurs amis..........

LE PRÉSIDENT (interrompant l'avocat),

La cause est entendue.

L'AVOCAT.

Brisant tout-à-coup l'émotion et reprenant sa voix naturelle et dégagée.

Entendue !! Eh! comment, Monsieur, l'entendez-vous?

A part.

Croirait-on se jouer de nous ?

Voudrait-on entraver, museler la défense ?

LE PRÉSIDENT — *Haut, avec force.*

Non, Messieurs. Je reprends et je dis que la France...

LE PRÉSIDENT (interrompant de nouveau).

La cause est entendue, avez-vous bien compris ?

L'AVOCAT (à part).

On ne poussa jamais aussi loin le mépris
A l'encontre de l'infortune.

Haut.

Ma parole vous importune ?
Et bien, soit.... Mais nous protestons,
Messieurs, et nous vous répétons
Que notre cause est juste et sainte.
En dépit de toute contrainte,
Nous le répéterons toujours....
Le matin, le soir, tous les jours...
Puis nous y reviendrons encore
Avant que l'aube ait réjoui les cieux.....
Quand on fut toujours vertueux
On aime à voir lever l'aurore....
Maintenant : *Et nunc sufficit.*
Il n'est pas l'ombre d'un délit

Dans les faits dont je viens de dérouler la liste.

— Vous acquitterez. — Je persiste.

Après cette brillante plaidoirie, l'Avocat reçoit les félicitations des membres du barreau.

LE PRÉSIDENT (s'adressant aux Nervis).

Vous avez tous trois entendu

Ce que votre avocat pour vous a répondu ?

Voulez-vous ajouter, malgré son éloquence,

Quelque chose à votre défense ?

LES NERVIS.

Si nous avons pas fait de mal

Le reste y nous est fort égal.

LE PRÉSIDENT.

Quant à cela , c'est autre chose,

Nous verrons plus tard...

Le tribunal délibère. Les signes de tête affirmatifs que se font réciproquement les juges, font présumer qu'ils sont parfaitement d'accord sur tout. Un seul point fait naître une discussion ; l'anxiété se peint sur tous les visages ; il y a débat. L'huissier de service, envoyé à la bibliothèque du tribunal , revient portant un ouvrage de jurisprudence que l'on suppose être Pierre Larrivay. Après a lecture d'un passage, les juges paraissent édifiés et unanimes. Il se fait un rand silence. Le président se couvre et prononce avec dignité le jugement uivant :

En la cause

Du procureur du Roi , contre les susnommés

Quiqui, puis Cascaveou et Bouscarle, accusés

De faire partie intégrante

De cette classe turbulente

De vagabonds connus sous le nom de *Nervis* :

Attendu , qu'ils sont poursuivis

Comme s'étant rendu coupables

D'actions plus ou moins blâmables ,

Dont le détail suit : que Quiqui

Aurait selon les faits acquis ,

Donné plusieurs fois le scandale

D'atteinte grave à la morale

En se posant indécemment

Au cours Saint-Louis, au moment

Où Goton Poussel , jeune fille ,

En l'absence de sa famille,

Vendait des fruits sur ledit Cours.

Attendu , qu'il aurait tenu certains discours

Faits pour alarmer la décence ;

Qu'en dépit d'une remontrance

Fort judicieuse, il aurait

Pratiqué mainte *voie de fait*

D'une violence brutale

Dont le nom seul est un scandale

A l'égard de Goton Poussel

Et de la dame Pignatel.

Après avoir dans cette crise
Gâté certaine marchandise
D'un prix plus ou moins élevé,
En la foulant sur le pavé.
Attendu, que des faits de semblable nature
Ont été reproduits sans frein et sans mesure,
Par les trois prévenus, le dix-neuf, dans la nuit,
En divers lieux, ainsi qu'il suit :
D'abord, chez un traiteur logeant à la Réserve,
Et plus tard au café *Minerve*.
Que dans le premier desdits lieux,
Les prévenus, d'un ton injurieux
Refusant de payer et se levant de table
Après un souper confortable,
Décidèrent entr'eux qu'il était bien plus clair
De jeter leur hôte à la mer,
Dans la criminelle espérance
De noyer ainsi la créance
Et le créancier. *Attendu*
Qu'étant ensuite descendu
Vers le Quai du Canal, le groupe dont je parle,
Composé de Quiqui, Cascaveou et Bouscarle,
Entra tumultueusement,
Et s'établit insolemment

Dans un certain café dont le nom dérisoire

      Est une antithèse notoire

A des mœurs dont chacun a droit de s'alarmer,

Et qu'ici !a pudeur nous défend de nommer.

Qu'au matin Cascaveou , pour payer la dépense

      Qu'il avait faite , eut l'imprudence

      D'en finir, alors , sur ce point ,

      En assénant un coup de poing

      Au sieur Brun, le propriétaire

      Dudit café, qui , dans l'affaire

Et par l'effet subit de ce coup contondant,

      Se vit enlever une dent !

Qu'en ceci, nous croyons certain que la défense

      Est dans l'erreur , lorsqu'elle pense

      Que l'on doit voir dans ce délit

Un service rendu , surtout lorsqu'elle dit

En termes non douteux : « si la dent emportée,

      Après tout, n'était pas gâtée,

      Elle aurait pu le devenir : »

Argument peu sensé, car jamais l'avenir

      (Il est permis de le résoudre)

      Dans aucun cas ne peut absoudre

      Les incartades du présent.

Attendu , qu'à propos de Monsieur Levaillant ,

Qui, sorti de chez lui pour déjeuner en ville,
Trouva, le soir, son domicile.....
Ou plutôt ne le trouva plus,
Grace au ZÈLE des prévenus,
(Qui, prétextant un incendie,
Conçurent la pensée hardie
De mettre à l'ombre de ce fait
Leur inconcevable méfait),
Il résulte d'une expertise
Faite sur les lieux de la crise,
Que les débris de la maison
Que l'on nous présentait à l'état de tison,
Et fumant encore sur place,
N'ont laissé voir aucune trace
Du désastreux événement
Dont on excipe en ce moment.
Et qu'après tout d'ailleurs, si dans la cheminée
On avait aperçu quelque peu de fumée,
Il fallait en venir à bout
En laissant la maison debout.
Car, si cet étrange système
De détruire la chose même
Pour un incident puéril,
Prévalait un jour, faudrait-il,

Pour un coup, pour une piqûre,
Pour la plus légère blessure,
Sacrifier un bras, un œil, ou bien encor
Faire amputer un pied pour enlever un cor?
Qu'appliquer un système aussi peu raisonnable
A la propriété, serait impraticable,
En ce qu'il faudrait démolir
Toute maison où l'on croirait courir
Quelque danger imaginaire;
Et qu'alors une ville entière,
Populeuse et d'un grand renom
Ne serait bientôt plus qu'un nom.
Attendu qu'un délit moins grave
Que le dernier, mais qui s'aggrave
De détails plus ou moins compliqués selon nous,
C'est l'assassinat d'un chat roux;
Couleur d'abord très contestée,
Puis solennellement niée
Par l'un des prévenus, lequel a fait valoir
Que le susdit chat était noir,
Comme une excuse légitime
De ses torts. *Attendu* qu'un crime,
Un attentat, ou bien le plus simple délit
Ne changent point, parce qu'on dit

Que la victime est noire ou rose ;
Et que de plus, quoiqu'en suppose
La défense, cet animal
Ne se rendit jamais coupable d'aucun mal ,
Qu'observateur des convenances ,
Docile à toutes remontrances ,
Il se montrait aussi fort redoutable aux rats ,
Fait dûment constaté par maints certificats.
Attendu qu'il ressort en outre
Du sein de ces débats, qu'une affaire de poutre
De la plus haute gravité
Appelle ici toute sévérité ,
Comme ayant été fort nuisible
Au sieur Ramaïgue , homme paisible ,
Dont l'âge , la bonté , la franchise et les mœurs
Réclament ici comme ailleurs ,
Ces égards auxquels la jeunesse
Est tenue envers la vieillesse ;
Mais *attendu* que relativement
Aux poutres de Ramaïgue, un éclaircissement
Etait devenu nécessaire
A cause d'un conflit survenu dans l'affaire ,
Lequel est amené, dans cette occasion ,
Par une contradiction

Aussi grave que manifeste :
Qu'en effet, l'accusé Bouscarle ici proteste
    Ne s'être montré qu'imprudent,
Et n'avoir pu parer le fâcheux accident,
A cause du pavé boueux ; lorsqu'au contraire
Le plaignant nous a dit que des flots de poussère
Couvraient les accusés qui, d'un commun accrd,
S'efforçaient de rouler ses poutres dans le poi ;
    Qu'ainsi, dans cet état de doute,
    Il fallait pour trouver la route
    Qui conduit à la vérité
    Saisir les faits du bon côté
    Par des recherches fructueuses,
    Aussi sûres qu'ingénieuses,
Dans un ouvrage écrit avec calme et raison,
Guide sûr en tout temps comme en toute saisn.
Or, pour délibérer sur ce point en litige,
    La sincérité nous oblige
    A citer Pierre Larrivay,
Dix-huit cent quarante-un, où nous avons tuvé
Maint éclaircissement au fait de Rive-Neuve
Ainsi conçu : (la date en confirme la preuve ;
    « Le quatorze au matin, vers sept heures ; bruillard
    « Jusques à dix heures ; plus tard,

« (C'est-à-dire à midi) , chaleur insupportable

    « Le soir , mistral épouvantable ,

    « Et vent *le reste du quartier;* »

    Le mot s'y trouve tout entier.

Attendu que, mettant le comble à leur scandale ,

Les prévenus , au Cours , à la Bourse , à la Halle ,

Ont tous trois harcelés, par des actes brutaux ,

    Deux négocians orientaux ,

Pendant qu'ils exerçaient leur modeste commerce

    Sur des marchandises de Perse ;

Telles que cure-dents , flacon , parfum , bouquin

    Et chaussure de marroquin ;

Et qu'alors ajoutant à leurs forfanteries

    D'odieuses supercheries ,

    Ils s'emparèrent des objets

    Précités , puis dans leurs projets .

    Réclamèrent contre l'usage

    Le montant d'un certain courtage

  A Bellamy qui lors amené chez Davin ,

Fut forcé de payer neuf bouteilles de vin ,

Mais qui , se conformant au rite du prophète ,

    Ne prit point part à cette fête ;

Puis enfin , *Attendu* qu'un jour de carnaval ,

    Quiqui voulant aller au bal ,

Vint dépouiller de son costume
Le susdit turc auquel il fit gagner un rhume
En l'exposant nu comme un ver
A toute la rigueur de l'air.
Que, froissé dans son industrie,
Humilié dans sa patrie,
Par la contrefaçon d'un châtiment brutal
D'un style trop oriental,
Ce turc, victime d'une feinte,
Aurait reçu plus d'une atteinte
Au coxis !... qu'il ne peut ni marcher ni s'asseoir,
Tant les trois prévenus ont, du matin au soir,
Molesté le susdit organe
De cet inoffensif descendant d'Orosmane.
Par ces motifs, le tribunal
Appliquant le Code pénal,
Vu les articles trois cent trente,
Deux cent dix, quatre cent quarante,
Déclare atteints et convaincus
De tous les délits ci-dessus
Les susnommés Quiqui, Cascaveou et Bouscarle,
Suivant tous les détails dont le jugement parle ;
Les condamne séparément
En six mois d'emprisonnement,

A tous les frais de la demande

Et du procès ; de plus à trente francs d'amende

Envers le Roi.

S'adressant aux nervis.

Vaqui — Disia qué vèro égaou !

Eh ! ben , Messiès , risès pa'un paou ?

Anen , viguen, ès vraï dé diré

Qué din siei més oourès lou temps dé riré.

Vouestré chagrin vous passara ,

Et lou souluou vous toumbara.

Les Nervis.

Ça c'est pas travailler...

LE PRÉSIDENT.

Silence !

— Huissier , qu'on les emmène et levez l'audience.

L'HUISSIER.

L'audience est levée...

Aux prévenus que la force armée environne.

Allons, hisse ! sortez !

M. LEVAILLANT.

Se lève tout-à-coup et s'adressant au président :

Un instant, Monsieur, permettez

Qu'en m'éloignant je vous exprime

L'assurance de mon estime

Sur votre docte jugement.

J'ai vu là sans étonnement,

Parmi de graves hypothèses,

Le triste résultat des passions mauvaises,

Monsieur; mais qu'y faire ? à coup sûr

Il est excessivement dur

De sévir ; mais, à part cette urgence fatale,

Votre arrêt *est divin il n'est rien qui l'égale* (1),

S'il faut parler comme Boileau.

Cet inexorable tableau,

Tracé par un pinceau fidèle,

Sera cité comme un modèle

De lumière et d'honnêteté.

Esprit, talent, justice, impartialité,

Tout s'y trouve ; aussi l'on peut dire

Qu'il remplit au-delà ce que chacun désire,

Et que jamais Thémis ne vit chez les humains

La balance des lois en de meilleures mains (2)

Comme dit M. de Voltaire

Dans son voyage en Angleterre.

FIN DE LA POLICE CORRECTIONNELLE.

---

(1) Thomas Corneille, le *Festin de Pierre*.
(2) Un Jurisconsulte Danois.

BELLAMY, NÉGOCIANT TURC.

NOTES POUR LA MISE EN SCÈNE.

On aura pu remarquer, dans ce poème, que l'auteur
ne s'est pas conformé à la marche logique de l'audience,
qui voulait que le réquisitoire suivît l'audition des témoins et précédât la défense. Cette partie des débats a
dû être retranchée afin d'éviter une reproduction fatigan-
te des faits de la cause. Mais, pour la représentation,
on pourra compléter la scène judiciaire, en fesant lever
le rideau sur les dernières phrases du ministère public.
La scène s'ouvrira donc comme il suit :

LE PROCUREUR DU ROI.

. . . .
. . . .
. . . .
. . . .

Les peines que nous requérons

Sont justes.... Oui, Messieurs ! Et nous répéterons

Que la société doit être enfin vengée

Quand la morale est outragée.

LE PRÉSIDENT (s'adressant aux prévenus).

Vaqui la tristo directien
Deï marrideï fréquentatien.

Après ces deux vers , on pourra suivre le poëme à partir du trezième vers de la page 148 :

> Avès fa dé poulideï cavo ,
>
> La ren a diré. Sias l'encavo
>
> Qu'ooujourd'hui, etc., etc....

Dans la déposition de RAMAÏGO , *page 158, après ces vers :*

> Moussu' Isnard émé soun coutéou ,
>
> Coupé la coffo doou capéou
>
> A l'entour ; alor li viguéri. . . .

Continuez ainsi :

> Tout en leï rémercian , cerquéri. .
>
> L'avié plus gès dé caraman. . . .
>
> Mi leï foulié lou lendéman.
>
> Ero'aquo cé qué m'embétavo. . . .
>
> Aviéou un foutré qué m'anavo ! !
>
> Mi sériéou tua , etc., etc.

Dans la déposition de M. Levaillant , page 179.

> Voulant me convaincre d'abord
>
> D'ou pouvait naître ce tumulte ,
>
> Je vais en tous sens , je consulte.

Passez de ces vers à ceux-ci, page 180 :

> Et j'apprends que les accusés....
>
> Que voilà, s'étaient avisés

Sans frein et sans délicatesse
De s'abandonner à l'ivresse
Inconvénient..... etc., etc.

*Dans l'interrogatoire du président , page 213, après
ces vers adressés aux deux interprètes :*

Et vous aurez bien mérité
Par cet acte d'humanité.

Abordez incontinent cette allocution , page 216 .

Je recommande à l'auditoire
D'être décent , et j'aime à croire
Que nul , etc., etc........

Dans le plaidoyer de l'avocat, page 220 après ce vers :

Aurait subi, Messieurs, un avant-goût du pal.

Suivez ainsi dans la même page :

Puis enfin , le parquet, au lieu de passer outre,
Veut compliquer ceci d'une affaire de poutre ,
Abordons les poutres, etc., etc.

Après ces vers, page 226 :

Pour le reste je m'en bas l'œil....
Toutefois, je le sens, il faut que je m'observe.

Lisez ainsi en allant à la page 227 :

Le point qui suit m'ordonne une grande réserve ,

Car , Messieurs , il s'agit ici ,
Des datti du turc Bellamy.
Relativement à ces datti
On vous a cité Monsieur Laty ,
Témoignage , etc., etc....

Page 230 , après ces vers :

Peut-être a-t-il voulu tirer gloire et profit
    Des résultats de ce conflit.

Suivez à la page 233 :

Mais brisons là , Messieurs , il s'agit d'autre chose ,
Car nous touchons au point important de la cause.
Il faut répondre à tout, etc., etc. . . . . .

DANS LE PRONONCÉ DU JUGEMENT.

Page 246 , après ces vers :

Dont le détail suit : que Quiqui
Aurait, selon les faits acquis ,
Donné plusieurs fois le scandale
D'atteinte grave à la morale....
En urinant indécemment.

Continuez , page 248 :

Attendu qu'à propos de Monsieur Levaillant

Qui, sorti de chez lui pour déjeuner en ville,
Trouva , etc., etc.....

Page 249, *après ces vers* :

N'ont laissé voir aucune trace
Du désastreux événement
Dont on excipe en ce moment.

Allez à ceux-ci , *page* 251.

Attendu , qu'il résulte en outre
Du sein de ces débats qu'une affaire de poutre
De la plus haute gravité
Appelle ici toute sévérité
Comme ayant été fort nuisible
Au sieur Ramaïgue , industriel paisible.
Mais , attendu que relativement
Aux poutres de Ramaïgue, un éclaircissement
Etait devenu nécessaire ,
Touchant l'état de l'atmosphère ;
Car , le soir au moment où s'est passé le fait ,
L'un dit qu'il fesait vent , l'autre dit qu'il pleuvait;
Qu'ainsi, dans cet état de doute,
Il fallait pour trouver la route
Qui conduit , etc., etc.

Page 253 , *après ces vers :*

Pendant qu'ils exerçaient leur modeste commerce

Sur des marchandises de Perse

Telles que cure-dents , flacons , parfum , bouquin

Et pantoufles de marroquin.

Achevez de cette manière, page 254 :

Que froissé dans son industrie ,

Humilié dans sa patrie

Par la contrefaçon d'un châtiment brutal ,

D'un style trop oriental ,

L'un des deux turcs , victime d'une feinte ,

Aurait reçu , etc., etc.

Achevez le reste sans y rien changer.

Autre édition pour la mise en scène et que l'auteur recommande comme la plus incidentée et la plus amusante.

Sans négliger les coupures indiquées dans les pages précédentes , après ces vers du Président , à l'interprète provençal, page 196 :

Mon opinion est la vôtre ,

Je crois que vous parlez aussi bien l'un que l'autre.

Entrée de Rose Poussel.

Ah ! ça , laïssa m'en paou passa

Foou qué mi pousqui asséta ,

Resti drècho vo ben m'asséti ?

LE PRÉSIDENT.

Asséta vous.

ROSE.

Mounté mi metti ?

L'HUISSIER lui indique une place et la fait asseoir.

(La scène continue.)

LE PRÉSIDENT à l'orientaliste.

Monsieur, veuillez prendre le soin
De faire parler le témoin.

Suivez jusqu'à ces deux vers de Bellamy, page 205.

Quouesti douï mi prendir
Et l'altro dounar dattir.

Ensuite, ajoutez ceci :

ROSE POUSSEL.

Aquo' ès troou, aqueleï voulur
An désavia aqueou paouré Tur,
Qués uno incounscienço, pécaïré,
L'amo vous tremblo pas ! mangeaïré !

L'HUISSIER.

Silence

ROSE.

Oou qué mi dia dé silençо, un moument :

Sabè, li foou un tremblamen

Qué lou diablé n'en pren leïs armo !...

Avé piqua aquélo paouro armo

Un hommé qué li disié ren !....

Vous fa piéta ; foou qué li douni quoouqu'aren.

(Lui donnant quelques pièces de monnaie.)

Prendir sordi... fougués pa' en péno ,

Quand serien maï d'uno dougèno ;

Aguès counfiانço, bravé tur,

Puniran leï préturbatur.

Rappélo-ti toujour cé qué di moussu Laty,

Passès plus oou café Casati...

Viès pas coumo t'an adouba

Un paou maï l'oourien accaba.

Semblo un oousséou d'un soou, marcho plugua en douis d

Coumo un preguo diou de restoublé.

Sé si poou mettré un hommé ensin ,

L'oourien dugu douna un couissin !...

Per poouva sa paouro carcasso.

(Les Nervis rient.)

Taïsa vous dés'hono raço ,

Séro pas per lou Présiden

Voouriou déjà garça lou pus beou lavo-den.

A la suite de cette tirade , continuez :

BELLAMY.

Alla , Mossiou , per Mahometo
Questar toujour un grand propheto
Piu tardo mi ti vol rendir
Ce qué questo ici mi fasir.

L'ORIENTALISTE.

Il dit qu'il est touché de tant de bienveillance.
Afin de témoigner une reconnaissance
Qui, dans son cœur ému , ne s'éteindra jamais,
Bellamy voudrait bien vous complimenter. Mais ,
Comme avant tout , la langue orientale
     Est une langue musicale,
Il désire, Messieurs , s'exprimer en chantant,
     Si le tribunal y consent.

LE PRÉSIDENT.

La chose n'est point en usage;
Mais enfin, nous pensons qu'en faveur de son âge
     On peut lui permettre cela.

L'ORIENTALISTE.

Bellamy : Ralachamalla
Comprendir, disir grand Soultano
Ché tu cantir per que vivir molto lontano,

L'orchestre joue pour ritournelle l'andante de l'ouverture de *Sémiramis* écrite pour les cors. Pendant cette ritournelle, le Turc salue profondément à droite et à gauche tous les membres du tribunal.

Ariette turque.

Signor tribunale,

Questar sens'egualé,

Couffa mi far malé,

Intanta crudeta;

Couquin prendir bouquino

Et poï bevir il vino,

Rallachalamalino,

Diser felicita.

L'orientaliste s'adressant au tribunal, donne la traduction libre de cette ariette.

Votre regard a l'éclat du soleil d'Orient, votre parole, le son d'une cornemuse champêtre et votre haleine, le parfum des pastilles embaumées dont il fait le commerce et qu'il vend au plus juste prix.

LE PRÉSIDENT.

Décidément la langue orientale

Est tout à fait pyramidale.

A l'Orientaliste.

Recevez mes remercîments

Pour avoir abusé, Monsieur, de vos moments.

BELLAMY.

Si constarmousali Ralachalamalino ,
Prendir bouqum et bevir vino ,
Piquar couffa.....

LE PRÉSIDENT.

C'est entendu.

Votre temps, Bellamy, ne sera pas perdu,
Assayez-vous et n'ayez crainte,
On fera droit à votre plainte,
Désormais les faits sont acquis.

Arrivez à la Page , 207 et suivez ces vers ,

LE PRÉSIDENT.

Ensin résultarié noun soulamen d'aqui
Quaves pres ce qu'ero pas vouestre
etc., etc.. etc.

Jusqu'a la Page 216 à l'endroit de ces deux vers :

CASCAVEOU.

Ero uno den que boulegavo

LE PRÉSIDENT.

Alor es plus la mume cavo.
Quoi qu'il en soit vous avez entendu
Ce que tous les témoins ont *ici* repondu ?

Or , avez-vous fait choix en cette circonstance

D'un avocat pour la défense ?

CASCAVEOU.

Si nous avons pas fait de mal

L'avocat z'il est fort égal.

LE PRÉSIDENT.

Quand à cela c'est autre chose

Nous verrons plus tard....

Le tribunal délibère. Les signes de tête affirmatifs, que se font réciproquement les juges, indiquent qu'ils sont parfaitement d'accord sur tous les points.

(Le Président continue).

En la cause

Du procureur du Roi, contre les susnommés

Quiqui puis Cascaveou et Bouscarle, accusés

De faire partie integrante

De cette classe turbulente

De vagabonds connus sous le nom de *Nervis.*

Attendu qu'ils sont poursuivis

Comme s'étant rendus coupables ,

D'actions plus ou moins blâmables ;

PAR CES MOTIFS, le tribunal

Appliquant le code pénal,

Vu les articles trois cent trente

Deux cent dix, quatre cent quarante,

Déclare atteints et convaincus

De tous les délits ci-dessus

Les susnommés Quiqui, Cascaveou et Bouscarle

Suivant tous les détails dont le jugement parle ;

Les condamne séparément

En six mois d'emprisonnement,

A tous les frais de la demande

Et du procès ; de plus à trente francs d'amende

Envers le Roi.

(S'adressant aux nervis)

Vaqui. Disia que vèro égaou....

Eh ! ben, Messiès, risès pa'un paou?

Anen, viguen, es vraï de diré

Qué dins sieï més oourés lou tem de riré.

Vouestre chagrin vous passara

Et lou soulaou vous toumbara.

LES NERVIS.

Ça c'est pas travailler....

LE PRÉSIDENT.

Silence !

— Huissier qu'on les emmène et levez l'audience.

L'HUISSIER.

J'audience est levée !...

(Aux prévenus que les gendarmes environnent.)

Allons , hisse , sortez !

CASCAVEOU.

Aïvé ! nous pouvons pas resté ?
Sortez ! aqueou si qué m'amuso
La' ooumen doués houros que fa muso,
Aro ven fa seïs embarras
Davan lou moundé. Qué rascas !

L'HUISSIER.

Allons, voyons , sortez , vous dis-je,
A rester rien ne vous oblige.

CASCAVEOU.

Rien né m'oblize ? eh ben , sorten
T'assuri que seras counten.

LEVAILLANT.

Obéissez à la justice
Il faut que la loi s'accomplisse.

CASCAVEOU.

Moussu Vaïant escouta mi ,
Poussè pas ; sian touti d'ami.

Comment! nous vous gardons la sallo,
Si sian déréna leïs espalo
Et puis, nous fé garça en prisoun;
Ana, sia pa' un bravé garçoun.

ROSE POUSSEL.

Aï la bouéno saru, qué beou jour per Marsio,
Va voou diré à ma paouro fio.

Couplet final.

Air de la Marche de *Michel et Christine*, par M. Léopold AYMOND.

BOUSCARLO.

Eh! ben pitoué qu'unto jornado?

QUIQUI.

Nous an pussugua per sieï mès.

CASCAVEOU.

Sieï mès per quoouqueï couyounado....

BOUSCARLO.

Es un malhur, aro qu'a més a més.

QUIQUI.

Ensin, Messiés, d'espouar n'aven plus gaïré
Nous resto plus qué vouestré tribunaou.

BOUSCARLO.

Alor va via, foou qué nous poussè' un paou

Enfin qué gagnen nouestré affaïré.

Tous trois en chœur.

CASCAVEOU.

Cascaveou Viro beou,

Dins sieï més faren bounbanço,

Et la panço

De chiquanço

Si pourra rempli dé nouveou.

PLAIDOYER DE FANTAISIE EN ACTION.

Le Président, l'Avocat, un Turc Stavalapoulos, un Druze Zurck, un jeune Druze, i'Orientaliste.

L'AVOCAT.

Messieurs! Messieurs....que vous dirai-je?

L'innocent que la loi protége

Ne fut jamais plus pur que ces trois jeunes gens

Affectueux, intelligents,

Qu'un inconcevable caprice

Du sort, met devant la justice.

Or, il faut les sauver, Messieurs, voilà le *hic !*

Car, le ministère public,

Dans le plus solennel de ses réquisitoires,

    A signalé comme notoires .

    Des faits extrêmement honteux

    Qui , s'ils étaient vrais , feraient d'eux

    Une horde d'anthropophages.

    J'aime à croire qu'ils sont plus sages,

    Qu'on ne vous les a présentés ,

Car voici qui répond aux délits imputés.

Les époques qui suivent, accompagnent ou précèdent
les grandes dissolutions, ou mieux les intervalles lucides
de l'histoire morale de l'humanité, sont unies entre elles par une suite de faits divisés, variables, et dont
le chaînon mystérieux , le faisceau symbolique s'étend
comme un indestructible réseau sur les surfaces polies,
mais glissantes de la civilisation. Disons-le même , au
risque de blesser quelques susceptibilités, ce n'est point
sans une grande raison que la doctrine des semi-pélagiens
a été ressuscitée de nos jours par un habile penseur de
nos amis. Cela est si vrai, qu'alléchés à ces prémices
victorieuses d'un succès de bon aloi, on a forcé les
conséquences, et depuis, les causes identiques ont agi
à l'inverse des prévisions identiques; le fait s'est étendu , et la rapidité de son effet a eu lieu réciproquement.

    Tout le reste est du même style

    Net, concis, brillant et facile.

Ainsi donc, au premier abord,
Messieurs, la vérité ressort
Du passage que je consulte.

LE PRÉSIDENT.

Quel est donc ce jurisconsulte?

L'AVOCAT.

Un jurisconsulte allemand,
Le docteur Wan–Wer–Fich ton Kant.

LE PRÉSIDENT.

Ce docteur quel qu'il soit n'est pas très-clair je pense.

L'AVOCAT.

Il explique pourtant le fond de la défense,
Et quand vous aurez médité
Le passage éloquent que je vous ai cité,
Vous conviendrez, Messieurs, qu'en outre
De la scène du Cours, de l'affaire de poutre :
Il réduit à zéro le fait le plus saillant,
Concernant la maison de Monsieur Levaillant,
Et plusieurs faits encor que je tiens en réserve.

LE PRÉSIDENT.

Puisqu'il en est ainsi, passez à la Réserve,

Dans l'intérêt des prévenus.

L'AVOCAT.

Eh bien, ces jeunes gens, Messieurs, étaient venus
    Manger un morceau chez Ignace.
    Le couvert mis ils prennent place,
    Et soupent. Après le repas,
    Il est certain qu'ils n'avaient pas
    De quoi payer, mais leur parole,
    Messieurs, n'avait rien de frivole.
    Quand ils promirent que jeudi,
    Ou bien au plus tard vendredi,
    Tout serait soldé ; pour réponse
On crut devoir leur faire une semonce
    En termes très-peu mesurés.
    C'est alors que, désespérés
    Par ce traitement incroyable,
    Tous trois se levèrent de table,
    Et Bouscarle se mit à fuir.....
    Imprudent ! sans l'en prévenir,
    Le cuisinier prend un broche....
    Court, le poursuit de proche en proche
    Et lui porte un coup déloyal
    Dans le système oriental !....

Oui, le fait s'est passé, Messieurs, à la Réserve ;

C'est comme aussi pour le café *Minerve*,

    Par exemple, il est évident

Qu'on a cruellement outragé mon client,

    Car peut-on insulter un homme

    Pour une misérable somme ,

    Je crois, de douze ou quinze sous ?

    Je vois un piège là-dessous.

    L'adversaire, pour se défendre,

    Messieurs, à beau vouloir prétendre

    Qu'on l'aurait privé d'une dent ;

    Je soutiens qu'il est imprudent

    D'alléguer une telle excuse,

    Il est certain qu'on vous abuse,

    En voulant produire au débat

    Une dent en mauvais état.

    Cascaveou l'a dit d'un ton grave :

    Ero'uno den qué boulégavo !.....

    Et quand même... allons, franchement,

    J'admets qu'il en soit autrement.

    Je veux que la dent emportée,

    Après tout, ne fut pas gâtée ;

    Elle aurait pu le devenir

    Tôt ou tard : alors prévenir

Le mal, Messieurs, n'est point un crime ;
C'est un moyen digne d'estime.
Reste le fait du Turc maintenant qui, d'ailleurs,
N'est pas sans intérêt, Messieurs.
Mais, avant d'aborder ce point de la défense,
Je veux mettre dans la balance
L'opinion d'un turc présent à ces débats.

(Il regarde dans la salle).

Je crois l'apercevoir là-bas......
Précisément, Messieurs ; et si je ne m'abuse,
Il est accompagné d'un Druze.
De ses amis appelé Zurk.

LE PRÉSIDENT.

Eh bien, introduisez et le Druze et le Turc
Pour répandre quelque lumière,
Sur cette inconcevable affaire.

L'AVOCAT.

Je crois devoir, Monsieur, ajouter sur ce point,
Que le Druze ne parle point.

LE PRÉSIDENT.

Pourquoi donc ?

L'AVOCAT.

La parole à ses lèvres ravie

Par un horrible évènement,
Le livre sans défense au plus cruel tourment
Que tout homme verbeux ait souffert dans sa vie,
Mais Monsieur Stavalapoulos,
Que le hasard, je crois, fit naître en Calvados,
Quoique Turc, s'exprime à merveille ;

LE PRÉSIDENT.

Alors, Monsieur, je vous conseille,
De le faire entrer.

L'AVOCAT.

Le voilà.

STAVALAPOULOS (d'un peu loin)

Grando soultano Alli! Alla !

LE PRÉSIDENT.

Veuillez lui dire qu'il s'avance,

L'AVOCAT.

Approchez vous du tribunal.

L'HUISSIER.

Silence !

Arrivé devant le tribunal, monsieur Stavalapoulos salue profondément, après lui le Druze salue aussi, mais en sens inverse.

LE PRÉSIDENT.

Avocat, quelle est donc cette manière-ci ?

L'AVOCAT.

Les Druzes saluent ainsi.

Pendant que M. Zurk est debout, son fils, jeune Druze en bas âge, s'asseoit sur les marches du tribunal ou il croque des pommes et fait des cocotes.

L'AVOCAT.

Oui , Messieurs; l'homme respectable,
Placé là devant vous, est un Turc véritable ,
Qui, parfaitement au courant
De la question d'Orient ,
Pourra vous l'expliquer sans peine.

LE PRÉSIDENT.

L'Orient n'est point du domaine
De la cause , abordez le fait.

L'AVOCAT (vivement.)

Eh ! bien , alors , Messieurs, remarquez, s'il vous plaît,
Que la plainte est fort mal traduite.
Vous pourrez juger par la suite
Que Monsieur , qui vient mettre ici tout en émoi

(Montrant l'Orientaliste.)

N'est pas plus arabe que moi...

L'ORIENTALISTE piqué.

Monsieur...

L'AVOCAT.

Oui, Monsieur, je le prouve,
Car dans vos arguments se trouve
Cette phrase : *alla Babakouik*
Soldikof oustou Ramaouik
Dont l'autorité m'est suspecte,
Ainsi que votre dialecte.

L'ORIENTALISTE.

Pourtant c'est de l'arabe.

L'AVOCAT.

Oui, vraiment ! et lequel ?

L'ORIENTALISTE.

Mais c'est de l'arabe usuel.

L'AVOCAT.

Usuel, usuel, si vous voulez permettre
Que Monsieur le lise, peut-être
Serons-nous beaucoup mieux fixé,
Par lui, sur ce qui s'est passé.

L'ORIENTALISTE.

Soit.

L'AVOCAT (remettant le papier à Stavalapoulos.

Monsieur Stavalapoulos, veuillez nous dire
Si les mots que l'on vient de lire,

Sont turcs, ou non ?

STAVALAPOULOS (après avoir lu.)

Il n'est point tourc.

L'AVOCAT.

Faites passer à Monsieur Zourc.

STAVALAPOULOS (à Zurck.)

Zourck ! *Alla Babakouik, ournouf estratabalta,*
Salem coussou ribir ascalta.

ZURCK (riant après avoir lu.)

Eh ! eh ! eh ! eh ! eh ! eh !

LE PRÉSIDENT.

Que veut dire ceci ?

L'AVOCAT.

Tous les Druzes rient ainsi.
C'est une manière éloquente
Et surtout fort intelligente,
De se prononcer sur un fait.
Remarquez de plus, en effet,
Que dans le courant de la plainte
Aussi ridicule que feinte
On veut voir le corps du délit
Dans le mot *Coustarmousali.*

Et l'on ajoute à *bevir vino*,

Le mot *Ralachalamalino.*

Ah ! Messieurs !.... il faut convenir

Qu'il est impudent de venir

Produire un semblable langage

Devant la justice, et je gage

Que tout ce baragouin n'est qu'un piége subtil

Dont nous aurons bientôt le fil.

Voulez-vous du Turc convenable

Pris dans un ouvrage admirable ?

Or, écoutez, Messieurs, ce verset du Coran

Dans une édition d'Oran.

(L'avocat fait passer le livre à M. Stavalapoulos.

STAVALAPOULOS (lisant.)

Griflou douik malou rastou casquou

Craouk forguas miaou gabatou rascou

Kouik kouik microck dourk caracas

Caramba zouin frick frock rascas.

L'AVOCAT (A l'orientaliste.)

A votre tour, aussi, Monsieur, veuillez traduire.

L'ORIENTALISTE (Un peu embarrassé.)

Voyons... *farquas... microk....* cela ne se peut lire ;

On aurait pu choisir un tout autre sujet...

Le caractère est fort mal fait....

Les liaisons ne sont pas très-nettes,

Et j'ai précisément... oublié mes lunettes.

L'AOCAT. (A l'orientaliste qui fouille dans ses poches.)

Allons, ne cherchez plus, épargnez-vous ce soin,

Vous y voyez de près aussi bien que de loin.

Je pense et ceci n'est qu'un leurre,

Monsieur, dont on sera convaincu tout à l'heure.

Faites avancer le plaignant,

Pour savoir du moins s'il entend,

Un turc, lequel doit être autant qu'on peut comprendre

Du plus beau qui se puisse entendre.

STAVALAPOULOS. (A Bellamy.)

Bellamy, *ben saouil , mik mack*

BELLAMY.

Non entendir.

STAVALAPOULOS.

Salam brick , brick.

BELLAMY.

Non comprendir.

STAVALAPOULOS.

Kersam ?

BELLAMY.

Non comprendir.

STAVALAPOULOS.

Ancora.

Bournous.

BELLAMY.

Non comprendir.

STAVALAPOULOS.

Allora.

Crrriouck !.......

BELLAMY (Avec humeur.)

Ton tourco mi noun sabir.
Ti disir que noun comprendir.

LE PRÉSIDENT.

Bellamy , c'est assez.

BELLAMY (Se retirant.)

Couscoussou galligari.

ROSE POUSSEI, le faisant asseoir à côté d'elle.

Asselo-ti aqui canari.

L'AVOCAT.

Vous le voyez, Messieurs, eh! bien ?

LE PRÉSIDENT à l'Orientaliste.

Eh ! bien ?

L'ORIENTALISTE à l'avocat

Eh ! bien ?

L'AVOCAT (Avec impétuosité),

Eh ! bien , je dis Monsieur que vous n'entendez rien
Mais absolument rien , à ce que dit cet homme.

L'ORIENTALISTE.

Je puis vous montrer mon diplôme.

L'AVOCAT.

Oh ! ce n'est pas une raison
On les distribue à foison,
En depit de toute morale ,

L'ORIENTALISTE.

C'est un véritable scandale .

LE DRUZE

Cacaracacakrrrrra. . . . . .

LE PRÉSIDENT .

Qu'est-ce donc que ceci ?

L'AVOCAT.

Les Druzes s'expriment ainsi,
Ceux qui ne parlent pas, bien entendu.

LE PRÉSIDENT.

Sans doute
Ainsi donc vous n'entendez goutte
A ce que dit Monsieur

L'ORIENTALISTE avec dignité.

J'ai fait ce qne j'ai pu
Mais je ne traduis pas l'Arabe corrompu.

L'AVOCAT.

Corrompu, dites-vous, ce mot de circonstance
Dans votre bouche ici n'est pas sans importance.

ENSEMBLE

STAVALAPOULOS.

Corrompou! *Lingoumbaou FlickFlack Arleri Mellou*
Frasticaouk Tourdourou Boou Boou Gragatou Sellou

ROSE POUSSEL.

Si pouedoun plus mettre d'accord.

LE PRÉSIDENT.

Il est bien évident qu'un de vous deux à tort
Dans cette cause sans égale.

L'AVOCAT (avec véhémence).

Pour mettre fin à ce scandale
Tout se réduit dès lors à ce fait du témoin ,
Messieurs ; il vit venir de loin

Quiqui, Cascaveou, et Bouscarle
Lequel vous dit, c'est lui qui parle
Avec ce ton de vérité
Si rempli de naïveté.
S'estremé dins uno boutigo
Li férian un paou leï coutigo,
C'est-à-dire un chatouillement
Inoffensif; amusement,
Messieurs, plus ou moins en usage
Chez des jeunes gens de leur âge.
De plus, il est certain que pour eux Bellamy
Etait un véritable ami.
Eh bien! parlez, sont-ils coupables ?
Voilà comment des faits louables,
Méprisés, raillés, méconnus,
Se trouvent mêlés, confondus
Avec l'impudeur et le vice;
Cet acte de haute injustice
Contient plus d'un enseignement
Dont l'honnête gouvernement
Qui depuis onze ans nous oppresse...

LE PRÉSIDENT.

Avocat, rentrez dans l'espèce.

L'AVOCAT.

Mais je ne m'en écarte point.
Je pense en discutant ce point,
Messieurs, car je pourrais, sans peine
Etablir de source certaine
Sans excuse, sans faux-fuyants
Que l'affaire de mes clients
Est une affaire politique ;
On ne veut pas que je m'explique
A cet égard, mon Dieu, c'est bien,
Messieurs, je ne dirai plus rien
Sur un fait privé d'étendue...
Maintenant, je poursuis.

LE PRÉSIDENT.

La cause est entendue.

L'AVOCAT.

Entendue! et comment, Monsieur, l'entendez-vous?
Croirait-on se jouer de nous?
Voudrait-on entraver, museler la défense ?

Haut avec force.

Non, Messieurs, je reprends et je dis que la France .

LE PRÉSIDENT (interrompant de nouveau).

La cause est entendue, avez-vous bien compris ?

L'AVOCAT (à part).

On ne pousse jamais aussi loin le mépris ,

    A l'encontre de l'infortune.

    Ma parole vous importune ?

    Eh bien soit.... mais nous protestons ,

    Messieurs, et nous vous répétons

    Que notre cause est juste et sainte,

    En dépit de toute contrainte .

    Nous le répéterons toujours....

    Le matin , le soir, tous les jours ;

    Puis nous y reviendrons encore ,

    Avant que l'aube ait réjoui les cieux.. .

    Quand on fut toujours vertueux ,

    On aime à voir lever l'aurore.

    Maintenant : *Et nunc sufficit.*

    Il n'est pas l'ombre d'un délit

Dans les faits dont je viens de dérouler la liste.

    — Vous acquitterez—je persiste.

Après cette brillante plaidoirie, l'avocat reçoit les félicitations des membres du
barreau.

LE PRÉSIDENT (s'ad‹ essant aux nervis).

Vous avez tous trois entendu

Ce que votre avocat pour vous a répondu ?

Voulez-vous ajouter malgré son éloquence

Quelque chose à votre défense?

LES NERVIS.

Si nous avons pas fait de mal

Le reste y nous est fort égal.

LE PRÉSIDENT.

Quand à cela, c'est autre chose.

Nous verrons plus tard.

(Puis , après avoir consulté le Tribunal.)

En la cause ,

Du procureur du roi contre les susnommés.

*Terminez comme à l'endroit de la première mise
en scène.*

DISTRIBUTION DES ROLES

A l'époque où la Correctionnelle a été jouée sur le théâtre du Gymnase à Marseille, le 6 Avril 1842.

LE PROCUREUR DU ROI,	MM. Hebert.
LE PRÉSIDENT,	Darboville.
L'AVOCAT,	Sainval.
RAMAÏGO,	P. Baubet.
ROSE POUSSEL,	Pascal père.
ACHILLE LEVAILLANT.	Térigny.
BELLAMY,	Frédéric.
DHURBECK,	Leroux.
L'ORIENTALISTE,	Henry.
L'INTERPRÈTE PROVENÇAL,	Pascal fils.
QUIQUI.	Marius.
BOUSCARLE,	Octavien.
CASCAYEOU,	Joseph.

Deux Juges, un Greffier, un Huissier audiencier et plusieurs Avocats.

Le Théâtre représente une Salle d'Audience.

Feuilleton du SUD du 9 Avril 1842.

GYMNASE MARSEILLAIS.

—

LA POLICE CORRECTIONNELLE.

(Première Représentation).

L'auteur de la *Police Correctionnelle* n'a pas eu l'in-
tention de faire une pièce dramatique selon les procédés
d'usage, avec une intrigue d'amour, un obstacle, un
nœud, un mariage, et cinq couplets au finale pour cé-
lebrer l'hymen ; il a voulu faire un tableau vivant, un
Téniers ou un Hogarth, et le suspendre à la toile d'un
théâtre : son œuvre sort de la banalité convenue ; et il
est bien d'abandonner quelquefois l'usine de charpente
scénique où l'on arrange les effets de coulisse, les
surprises, les situations, pour exposer ainsi une pein-
ture d'intérieur, une action dégagée de tout accessoire
parasite, quelque chose enfin, qui n'ait pas de nom

dans l'argot d'Aristote, et qui pourtant soit plus vrai que la vérité.

La police correctionnelle (je parle du tribunal qui porte ce nom) est une comédie permanente jouée dans tous les palais de justie de la France, et qui a ses feuilletons, ses analyses et ses comptes-rendus dans la *Gazette des Tribunaux*. Les personnages qui défilent et jouent devant ces tribunaux sont innombrables, et plus variés, plus comiques, plus originaux, plus amusants que tous les Frontin, tous les Eraste, tous les Sganarelle possibles. A Marseille surtout, pays de forte et excentrique nature, la police correctionnelle est une mine inépuisable de caractères originaux, et si nous avions un recueil des merveilleuses comédies qui ont été jouées sans répétitions devant M. Bénédit, et les autres abonnés gratuits de ce tribunal, nous regarderions Molière et Regnard comme des auteurs stériles et sérieux. L'auteur des scènes jouées mercredi à notre Gymnase a résumé dans un cadre l'éternelle histoire des procès correctionnels, il a pris l'élixir du genre; il a fait poser devant le public les héros et les aventures de prédilection que chaque semaine conduit à ce tribunal.

Trois *nervis* sont assis sur la sellette ; on les accuse

d'une foule de méfaits, entr'autres délits communs à l'espèce, il en est un assez remarquable ; un jour, par manière de passe-temps, les trois *fénas* prévenus ont démoli une maison que le propriétaire leur avait confiée ; une bagatelle comme on voit. L'accident a eu lieu au quartier des Moulins ; c'est un fait historique ; d'ailleurs , dans le temps les journaux l'ont enregistré comme le *nec plus ultrà* de la puissance du *nervi*. Après avoir démoli une maison pour tuer le temps , le *nervi* ne pouvait plus que descendre ; la même chose est arrivée à Périclès qui , nous dit Plutarque, arriva à ce point culminant, où il faut malheureusement baisser.

La brochure de la *Police Correctionnelle* devant être mise en vente au premier jour , nous nous contenterons de raconter brièvement l'effet de la représentation. Jamais nous n'avons vu au théâtre éclater, au début d'une pièce, une pareille hilarité. Une gaîté folle s'est manifestée dans la salle dès les premiers vers. Rien de plaisant comme le caractère de chaque personnage : un calfat-constructeur, une fruitière du Cours, un maître d'armes, un négociant turc, tous crayonnés au naturel, avec une incroyable vérité. Il y a tous les jours des témoins comme ceux-là qui ;viennent déposer au tribunal. L'auteur les a pris vivants et les a mis dans

son drame, sans plus de façon ; c'est un procédé auquel
la vérité conventionnelle du théâtre ne nous a pas accou-
tumés. L'oncle, l'amoureux, le général, le neveu, le
colonel et le médecin qui composent depuis vingt-cinq
ans le seul vaudeville joué sous mille titres, sont des
personnages fantastiques, parlant une langue inconnue
aux salons ; voici la première fois peut-être que cette
vérité dont on fait tant de bruit, et que les rhéteurs
demandent à grands cris, nous est apparue dans sa
nudité au théâtre ; à tel point que l'amateur qui devait
jouer *Cascaveou*, et qui se nomme simplement Joseph,
comme tout le monde, est arrivé de son travail, avec
son costume d'ouvrier, ayant de plus à ses souliers gris
une forte dose de la boue d'avril, et sans passer par
un vestiaire inutile, il n'a fait qu'un saut de la rue à
son banc de coulisses, et là, il a joué son rôle de *nervi*,
il a déclamé sa belle tirade avec une verve, un accent,
une énergie, une intelligence, un naturel inconnus à
tous les Mascarilles, tous les Frontins, tous les Scapins
de l'ancien et du nouveau régime. Ce rôle seul suffirait
pour assurer à cet ouvrage une grande vogue de cu-
riosité. Le personnage du maître-d'armes est une création ; ce témoin pompeusement bavard, qui fait des
citations fausses avec un à-plomb merveilleux, n'a pas

été bien compris par le public ; on l'a pris au sérieux,
lui et ses citations. Cela doit toujours arriver lorsque
le comique grave succédera à la franche bouffonnerie.
L'acteur Térigny a joué ce rôle parfaitement ; il est
entré dans l'esprit de sa tirade avec une intelligence
remarquable, et qui aurait dû lui mériter d'unanimes
applaudissements. On voit que Térigny avait étudié
avec conscience ce Levaillant qui, dans sa déposition,
pro domo suâ, se jette *extrà muros*, dans des divaga-
tions si comiques, et fait sonner si haut ses trente-
deux ans de probité dans le corps des gendarmes.

L'amateur, chargé du rôle féminin de Rose Poussel
a dissimulé avec beaucoup d'art son sexe, et, en plein
cours Saint-Louis, il aurait trompé toutes les mar-
chandes de fruits, comme Achille à la cour de Scyros.
Ce rôle a obtenu un succès de fou-rire. Frédéric a joué
comme un turc, le personnage de Belamy, négociant
de Stamboul ; il s'est fait une voix turque, une tête turque, une mélopée turque ; c'est la question d'Orient in-
carnée. On le rencontre tous les jours sur le Port, ven-
dant des bouquins d'ambre faux et de nauséabondes
pastilles du sérail. L'amateur qui avait accepté la difficile fonction de présider le tribunal, a nuancé ses in-
tonations avec beaucoup de talent Les deux autres ama-

teurs chargés du rôle des autres prevenus, s'en acquit-
tent bien. L'ouvrage rempli de mots heureux, de traits
piquants, d'observations vraies, et surtout conçu dans
un esprit de vérité inimitable, a marché jusqu'à la dernière scène au milieu des bravos et des éclats de rire.
C'est au milieu du plaidoyer de l'avocat que quelques
signes d'impatience se sont manifestés ; on a trouvé ce
plaidoyer trop long. Le public n'aime pas les longueurs
au théâtre ; partout ailleurs il les supporte, et quelles
longueurs ! Sainval, l'acteur chéri au Gymnase, jouait
le rôle de l'avocat ; il l'avait composé admirablement ;
il débitait son plaidoyer, comme un licencié en droit de
vingt ans ; c'était un comique sérieux à faire pâmer de
rire. Cet esprit fin, et profondément incisif, arrivant après
un autre esprit tout en relief, n'a pas été deviné. A la
seconde représentation, ce plaidoyer, chef-d'œuvre du
genre, de l'avis même de nos meilleurs avocats, sera
réduit au moins de deux tiers, et cette fois, grâces à
cette mutilation, le succès sera complet.

Quelques personnes trop méticuleuses auraient voulu
que l'auteur retranchât çà et là quelques expressions
qui leur paraissent un peu leste dans la bouche des
nervis et des dames de la halle. Ces expressions appar-
tiennent de toute nécessité à l'alphabet de la langue

provençale ; elles choquent beaucoup moins que les *ri-mes* argentines de *Mercure* et de *Sosie* dans l'*Amphy-trion* de Molière, et les citations latines de la *Comtesse d'Escarbagnas*, qu'aucune plume n'oserait aujourd'hui citer dans un feuilleton. L'auteur de la *Police Correc-tionnelle* est un homme de beaucoup d'esprit, qui a fait ses premières études d'observation dans Molière. En faveur du maître, il faut pardonner quelque chose à son meilleur écolier.

MÉRY.

FIN DU PREMIER VOLUME.

TABLE DES MATIÈRES.

www.ingramcontent.com/pod-product-compliance
Lightning Source LLC
Chambersburg PA
CBHW071854020726
47502CB00003B/750